Carlo Goldoni

Il cavaliere e la dama

Texte et illustration de couverture : © domaine public
Edition : Culturea (Hérault, 34)
Contact : infos@culturea.fr
Retrouvez notre catalogue sur http://culturea.fr
Imprimé en Allemagne par Books on Demand
Design typographique : Derek Murphy
Layout : Reedsy (https://reedsy.com/)

Dépôt légal : janvier 2023

ISBN : 9791041843190

A SUA ECCELLENZA LA SIGNORA DONNA

PAOLA VISCONTI
ARESE LITTA

MARCHESA DI GAMBOLO, GARBANA E REMONDO,
CONTESSA DI VALLE LUMELLINA, SIGNORA DI TRENZANESE
E TORAZZA, MARCHESA DI CASTELNUOVO BELBO,
GRANDE DI SPAGNA ecc. ecc.

Una Dama povera di beni di fortuna, ma ricca di merito e di onestà, è il soggetto più interessante di questa comica rappresentazione. Se il fatto di donna Eleonora non fosse una favola, ma veramente foss'ella al mondo a' dì nostri, e per fortuna in Milano si ritrovasse, non sarebbe ella tanto infelice nelle sue sventure, poiché presentandosi all'E. V., e le miserie sue confidandovi, troverebbe neIla Vostra bell'anima il suo asilo, la sua protezione; poiché ciascuno, che ha l'ardire di supplicarvi, è certo di rimanere esaudito, e grazia a Voi non si chiede, che non sia generosamente concessa.

E non avrebbe Ella confidato soltanto nelle Vostre grandi ricchezze, poiché quantunque Iddio abbia i ricchi costituiti depositari della sua Provvidenza per lo soccorso de' poveri, pochi non sono quelli che se ne innamorano soverchiamente, e fanno dell'oro e dell'argento il loro idolo più diletto; ma confidato avrebbe nella Vostra magnanima liberalità, nel generoso animo Vostro, il quale in mezzo ad una Città magnifica in cui il vizio che più si aborre è quello dell'avarizia, sa farsi distinguere, sa fare il miglior uso delle ricchezze, e rendesi la delizia dei cittadini e l'ammirazione de' forestieri.

E né tampoco la sola grandezza della Vostra nascita bastata sarebbe ad assicurare la sventurata donna Eleonora, poiché quantunque i Grandi abbiano nelle loro mani la potestà di soccorrere i miseri, non mancano quelli che li disprezzano, e che da sé bruscamente scacciandoli accrescono le loro afflizioni e le miserie loro. Affidata sarebbesi certamente alla Vostra dolcissima affabilità, a quella soavità di costumi che tutti sa costringere ad ammirarvi e ad amarvi, a quella singolare benignità e clemenza che vi rende sensibile alle altrui disgrazie e sollecita nel ripararle. Voi, nata della famiglia Visconti, Voi, collocata in quella dei Litta, siete partecipe di due gran Case, principali in Italia, illustri in Milano e note al mondo tutto, poiché le Storie piene sono de' loro nomi, de' loro meriti e delle eroiche azioni loro. Voi, dico, piena di tanta gloria, e in tanta gloria umile più che mai, tutti benignamente ascoltar solete, degnate tutti, e della vostra protezione non siete scarsa con chi che sia.

3

Ma se la Dama della mia Commedia è una favola, vero è che io ne sono l'Autore, povero, per altra ragione, assai più di quella, poiché di merito e di virtù mal fornito, ed è certissimo che ho bisogno di protezione più che altri avessero mai.

Conoscendo io pertanto, fra gl'infiniti pregi dell'E. V., quello di non misurare le grazie dal merito di chi le chiede, ma dalla grandezza del Vostro animo, vengo per interceder da Voi quello ch'io certamente non merito, ma che Voi non mi saprete negare. Dir m'intendo la protezion Vostra a me ed alle opere mie, in quella maniera che ad una persona, che avesse la virtù e il merito di donna Eleonora, concederla vi compiacereste. E perché a me derivi di tal protezione il più onorevole frutto, degnatevi che io fregiar possa del venerabile nome Vostro questa Commedia mia, la quale sendo una delle più dilette figliuole del mio intelletto, mi rende sollecito a procurarle un rifugio pari all'affetto mio.

Il titolo della Commedia, che all'E. V. umilmente raccomandare ardisco, è il Cavaliere e la Dama, sendomi con tutte le forze mie industriato proporre in due soggetti nobili l'esempio della vera virtù. Ma questo trovasi perfettamente nella nobilissima Casa di V. E., in cui Voi siete il prototipo delle Dame, siccome lo è dei Cavalieri più illustri l'Eccellentissimo Signor Marchese Vostro, e Voi insegnar potete come si uniscano il decoro e la gentilezza, mentr'egli ammaestra quanto accresca pregio alla grandezza del sangue la piacevolezza del tratto.

Pieno dunque d'ardire e di fiducia, all'E. V. io mi presento, e questa povera Commedia mia umilmente v'offerisco e raccomando, supplicandovi me sotto il manto dell'autorevole protezione Vostra accogliere e ricovrare, e concedermi che nel ruolo de' Vostri servi possa a gloria mia annoverarmi.

Di V. E.

Umiliss. Divotiss. e Obbligatiss. Serv.

CARLO GOLDONI

Ferrara, il 29 Aprile 1752

L'AUTORE A CHI LEGGE

Quando pensai a scrivere le Commedie in servigio del Teatro, ed a togliere, per quanto avessi potuto, le infinite improprietà che in esso si tolleravano, mi venne in mente di smascherare i ridicoli, bandire gli Zanni e correggere le caricature dei Vecchi. Ma ci pensai assaissimo, e pensandoci appresi che, se ciò avessi fatto, mille ostacoli mi si sarebbero opposti, e che non dovevasi sulle prime andar di fronte al costume, ma questo a poco a poco procurar di correggere e riformare.

In fatti nel primo e secondo anno di tale mio esercizio non ho azzardata Commedia alcuna senza le maschere, ma queste bensì a poco per volta sono andato rendendo men necessarie, facendo vedere al popolo, e toccar con mano, che si poteva ridere senza di loro, e che anzi quella specie di riso, che viene dal frizzo nobile e spiritoso, è quella ch'è propria degli uomini di giudizio.

Nell'anno terzo provai una Commedia senza le maschere, e questa fu la *Pamela*; vidi che non dispiacque, ed io ne feci alcune altre, felici tutte egualmente, fra le quali ha trionfato il *Molier*. Veggendo io dunque che tra i teatri d'Italia vanno gustando un ridicolo nobile, senza mendicarlo dalla caricatura dei volti o dell'abito, ho levato le maschere anche da questa, sembrandomi che la nobiltà dell'argomento lo richiedesse. Ciò spero riuscirà grato principalmente a quelle persone che si compiacciono recitare le mie Commedie per passatempo, non essendo sì facile fra' dilettanti trovar le maschere colla varietà dei dialetti.

A questo passo, scrivendo io al Bettinelli l'anno passato una lettera simile a questo mio Ragionamento che ora addrizzo al Lettore, mi consolai che in Firenze si facessero le mie Commedie, trovandomi onorato moltissimo che da sì dotta e colta Nazione si soffrano e si coltivino le imperfette opere mie. Ora poi che le ho vedute in Firenze io stesso rappresentare, non posso bastantemente esprimere quanto siasi accresciuto il mio giubilo, e quanta compiacenza mi abbia recato il vederle con tanta esattezza, con tanta verità e spirito rappresentate. Io le ho trovate sì ben dirette, che nulla mi resta da suggerire. Il Direttore di esse è il più bravo Attore del mondo[1]. Egli in altre Commedie ha convertite le Maschere di varie lingue nella toscana favella; bravo conoscitore del suo paese, ha saputo bene adattarle. Io ne sono contento e deggio rendergli pubblicamente giustizia.

---

1 Pietro Pertici, assai noto al mondo per l'eccellente sua abilità nelle parti buffe per musica, e presentemente bravissimo Attore nelle Commedie in prosa a Firenze. [*Nota dell'A.*].

PERSONAGGI

Donna ELEONORA moglie di don Roberto, cavaliere esiliato

Don RODRIGO

Don FLAMINIO -

Donna CLAUDIA moglie di don Flaminio

Don ALONSO

Donna VIRGINIA

Don FILIBERTO

ANSELMO mercante

Il DOTTORE BUONATESTA procuratore

COLOMBINA cameriera di donna Eleonora

BALESTRA servitore di don Flaminio

PASQUINO servo di don Roberto

TOFFOLO servitore d'Anselmo

Un MESSO della Curia.

La Scena si rappresenta in Napoli.

ATTO PRIMO

SCENA I

Camera in casa di donna Eleonora.

DONNA ELEONORA ricamando ad un piccolo telaio

e COLOMBINA colla rocca sedendo, che dorme.

Donna Eleonora - Questo tulipano non risalta come vorrei. Bisogna dargli un'ombra un poco più caricata. Vi vogliono due o tre passate di seta scura. Colombina, dammi quel gomitolo di seta bleu. Colombina, dico, Colombina?

Colombina - Signora, illustrissima, eccomi. (*svegliandosi*)

Donna Eleonora - Tu non faresti altro che dormire.

Colombina - Chi non dorme di notte, bisogna che dorma di giorno. Sino alla mezzanotte si lavora, e all'alba si salta in piedi e si torna a questo bellissimo divertimento della rocca. Signora padrona, anch'io son fatta di carne, e non dico altro.

Donna Eleonora - (Povera sventurata! la compatisco). (*da sé*).

Colombina - Tenete la seta bleu. La ra, la ra, la ra, la ra, la lera. (*canta con rabbia e siede filando*).

Donna Eleonora - Colombina, non so che dire. Tu hai ragione; e con ragione ti lagni della vita miserabile che meco sei costretta di fare. Tu sai come eri trattata da me, quando don Roberto, mio consorte, era in Napoli, e la nostra casa poteva sfoggiare come le altre. Ora don Roberto, per l'omicidio commesso di quel ministro da lui chiamato a duello, fu esiliato da questi stati; sono confiscati tutti li di lui beni, ed io che altra dote non gli ho portata che quella di un'antichissima nobiltà, sono miserabile come vedi. I congiunti della mia casa sono tutti poveri, né mi possono dar sollievo. I parenti di mio marito mi odiano tutti per la mia povertà; tutti mi abbandonano, tutti mi deridono. Cara Colombina, tu sei stata finora l'unico mio conforto fra tante angustie. Se tu mi abbandoni, oh Dio! mi darò in preda alla disperazione.

Colombina - Via, via, signora padrona, non mi fate piangere; finché potrò, non vi abbandonerò. Del poco ognuno si può contentare, ma con niente nessuno può fare.

Donna Eleonora - In casa nessuno ci vede; diamoci le mani d'attorno, lavoriamo, che un giorno il cielo ci assisterà. Spero che il fisco mi accorderà gli alimenti. Il mio procuratore mi ha assicurato che averà delle buone ragioni per sostenere la mia causa.

Colombina - E intanto vi va spolpando, e mangia egli quello che dovremmo mangiar noi.

Donna Eleonora - Vi vuol pazienza. Ognuno ha da vivere col suo mestiere.

Colombina - E noi con qual mestiere vivremo?

Donna Eleonora - Eccolo qui. Tu con la rocca ed io col ricamo.

Colombina - Compatitemi se parlo con libertà. Siete una signora di poco spirito.

Donna Eleonora - Perché?

Colombina - Perché ve ne sono delle altre povere come voi, anco con famiglia, e famiglia grossa, e non penano come fate voi.

Donna Eleonora - Averanno il marito provveduto d'impiego.

Colombina - Eh, pensate! se mantengono anche il marito.

Donna Eleonora - Ma come fanno?

Colombina - Ve lo dirò io. Non sono tanto scrupolose, quanto siete voi.

Donna Eleonora - Ho inteso; mutiamo discorso.

Colombina - Mutiamo discorso e facciamone uno più bello. Ieri ho veduto il signor Anselmo, padrone di questa casa, e con bella maniera mi fece intendere essere passato il semestre della pigione.

Donna Eleonora - Lo so benissimo; e perciò ho venduto il mio mantò: e là dentro in quel cassettino sono i denari destinati pel signor Anselmo.

Colombina - Vi è il signor don Rodrigo, ch'è un cavaliere tanto garbato, che vi ha fatto centomila esibizioni; e voi non gli volete dir nulla, e vi contentate patire piuttosto che raccomandarvi.

Donna Eleonora - Una donna che chiede, è poi soggetta a concedere; e l'uomo che dona, non ha intenzione di gittare il suo senza speranza di ricompensa.

Colombina - Don Rodrigo è un cavaliere generoso e prudente.

Donna Eleonora - Ma non averà obbligo d'essere prudente meco, se io non lo sono con lui.

Colombina - Eppure mi pare che non vi dispiaccia la di lui conversazione.

Donna Eleonora - Sì, lo confesso; egli è l'unica persona che vedo volentieri in mia casa. Senti, è stato picchiato.

Colombina - Sarà qualche creditore. (*parte*).

Donna Eleonora - Pazienza. Come presto la sorte ha cambiato scena per me! Non vi è che don Rodrigo che sia costante; egli, ad onta delle mie disgrazie, non cessa di favorirmi. Che maniere soavi, che singolari prerogative l'adornano! Ah mio cuore, pensa alle miserabili circostanze nelle quali ti trovi, e non compiacerti vanamente delle finezze di don Rodrigo, le quali non devono passare i limiti della compassione.

SCENA II

COLOMBINA, poi ANSELMO e detta.

Colombina - Signora padrona, non ve l'ho detto?

Donna Eleonora - Ebbene, chi è?

Colombina - Il signor Anselmo, il quale probabilmente verrà a portar via quei pochi denari che potevano servire per voi.

Anselmo - Si può venire? (*di dentro*)

Donna Eleonora - Passi, passi, signor Anselmo.

Colombina - (Almeno gli voglio dire le nostre miserie). (*da sé*)

Anselmo - Buon giorno a V. S. illustrissima.

Donna Eleonora - Serva, signor Anselmo.

Anselmo - Come sta ella? sta bene?

Donna Eleonora - Eh, così, così: oppressa dalle mie disgrazie.

Anselmo - Ah! davvero la compatisco; e tutta la città sente con rammarico e dispiacere le sue disavventure.

Donna Eleonora - S'accomodi.

Anselmo - Grazie alla bontà di V. S. illustrissima. (*siede*)

Donna Eleonora - Caro signor Anselmo, non mi mortificate con cerimonie che poco si convengono allo stato in cui mi ritrovo.

Anselmo - Mi perdoni, signora. Ella è nata dama: povertà non guasta gentilezza. Le male azioni son quelle che pregiudicano all'onore delle famiglie, e non le disgrazie. La fortuna può levare i denari, ma non arriva a mutare il sangue. La nobiltà è un carattere indelebile che merita sempre venerazione e rispetto; e siccome il nobile, benché povero, è sempre nobile, così dobbiamo noi altri umiliarci alla nobiltà del sangue, senza riflettere agli accidenti della fortuna.

Donna Eleonora - Tutti non pensano come voi, signor Anselmo, e per lo più si stima più nobile chi ha più denari.

Anselmo - Io le protesto che per lei ho tutto il rispetto, e tanto la stimo ora, ch'è in questo stato, quanto in tempo delle sue fortune.

Donna Eleonora - Voi siete un uomo pieno di bontà e gentilezza. M'immagino per qual motivo vi siate preso l'incomodo di favorirmi, onde non voglio più lungamente tenervi in disagio. Colombina.

Colombina - Illustrissima.

Donna Eleonora - Apri quel cassettino e portami quella borsa.

Colombina - La servo. (Oggi non si desina più). (*da sé*)

Anselmo - Signora donna Eleonora, è vero ch'è passato il semestre; ma se mai ella si ritrovasse in bisogno e che questo denaro le potesse giovare, son galantuomo, glielo dico di cuore, se ne serva, che io la faccio padrona.

Donna Eleonora - Vi ringrazio infinitamente. Son debitrice e devo soddisfare al mio debito. Via, Colombina, conta il denaro al signore Anselmo, e si compiacerà di farmi la ricevuta.

Anselmo - Non so che dire; quando non lo vuol tenere, quando ella non ha bisogno, le chiedo scusa e lo prendo per obbedirla.

Colombina - (*contandogli i denari, parla piano ad Anselmo*) (Oh signor Anselmo, se sapeste le nostre miserie! Sono cinque giorni che non bolle la pentola. Si mangia un poco di pane con un ramolaccio senza sale, un poco di pappa nell'acqua, e si muor dalla fame).

Anselmo - (Come! La signora è in tanta necessità; le offerisco di rilasciarle il denaro, e lo ricusa?). (*piano a Colombina*)

Colombina - (Ella è fatta così, morirebbe piuttosto che domandare).

Anselmo - (Ma perché?).

Colombina - (Per certi scrupoli, che non vagliono un fico).

Anselmo - (Bene, ho capito. Fate una cosa: andate via, e lasciatemi solo con lei).

Colombina - (Signor sì, mi raccomando alla vostra carità). Signora, il denaro è bello e contato; vado a fare una cosa. (*parte*)

Anselmo - Signora donna Eleonora, la supplico per amor del cielo perdonarmi la libertà ch'io mi prendo. Qui siamo soli, nessuno ci sente, mi sono note le sue indigenze, son galantuomo, son uomo avanzato in età; grazie al cielo, venti scudi non mi fanno né più povero, né più ricco; la prego degnarsi di tenerli per sé, di servirsene ne' suoi bisogni, me li darà quando le tornerà più comodo.

Donna Eleonora - Ah, signor Anselmo, il cielo vi benedica pel bel cuore che voi avete, per la generosa esibizione che voi mi fate. È vero, mi trovo in angustie, ma non ardisco permettere che voi tralasciate di ricevere il denaro che vi è dovuto, col pericolo di non averlo mai più.

Anselmo - Se più non l'averò, pazienza. Intanto se ne prevalga; e le giuro che altro fine non mi muove a usarle quest'atto di buon amore, se non che la compassione delle sue disgrazie.

Donna Eleonora - Vi rimuneri il cielo per una sì bella pietà.

Anselmo - Fo il mio debito e niente più. In questo mondo abbiamo da assisterci l'uno coll'altro. L'intenzione del cielo è che tutti abbiano del bene. Chi è più ricco, deve darne a chi è più povero, e bisogna considerare che anche i più ricchi possono diventar miserabili. Si consoli, si regoli con prudenza, e non dubiti che il cielo l'aiuterà. Buon giorno a V. S. illustrissima. (*si alza*) (Mi fa compassione. Chi è avvezzo a viver male, presto si accomoda a viver bene; ma chi è avvezzo a star bene, oh quanto dura fatica ad accomodarsi a star male!). (*da sé, fa riverenza e parte*)

SCENA III

DONNA ELEONORA, poi COLOMBINA, e poi il DOTTORE BUONATESTA.

Donna Eleonora - Che uomo da bene, che cuore liberale ed umano!

Colombina - Signora padrona, è venuto... (*osserva i denari sul tavolino*) Oh! che vuol dire? Il signor Anselmo non si è preso il denaro?

Donna Eleonora - No, me lo ha prestato sin tanto che io possa restituirglielo con minore incomodo.

Colombina - Buono, buono, e viva. Mangeremo almeno qualche cosa.

Donna Eleonora - Chi è venuto?

Colombina - Il signor Dottore... Volete che io vada a comprarvi un pollo?

Donna Eleonora - Ci penseremo. Fa venire il procuratore.

Colombina - Vado subito. Compatitemi, è una settimana che si digiuna. Oh cari! Oh come son belli! Benedetto quel vecchio! Ventre mio, preparati, che hai da far festa. (*dopo aver riguardato i denari, parte*)

Donna Eleonora - Povera ragazza, la compatisco. Le lunghe astinenze la rendono desiosa di reficiarsi.

Dottore Buonatesta - Faccio umilissima riverenza alla signora donna Eleonora.

Donna Eleonora - Serva, signor Dottore, favorisca.

Dottore Buonatesta - (Oh le belle monete!). (*osserva i denari, e siede*)

Donna Eleonora - Che buone nuove mi porta della mia causa?

Dottore Buonatesta - Buone, buonissime, ottime, ottimissime. (Sono tutti scudi effettivi). (*da sé*)

Donna Eleonora - Quando si può sperare di avere la sentenza?

Dottore Buonatesta - Anche oggi, se vuole.

Donna Eleonora - Se voglio? Vi potete immaginare con quanta ansietà la desidero.

Dottore Buonatesta - (Quattro e due sei, e tre nove, e due undici...). (*va contando con arte gli scudi sul tavolino*)

Donna Eleonora - Che cosa andate dicendo fra di voi?

Dottore Buonatesta - Andavo facendo il conto, quanta spesa ci vorrà per far pubblicare la sentenza.

Donna Eleonora - Quanto ci vorrà?

Dottore Buonatesta - Ora glielo saprò dire. (Quattro e tre sette, e due nove, e quattro tredici, e tre sedici, e due diciotto, e due venti). (*osservando come di sopra*) Ci vorranno per l'appunto venti scudi.

Donna Eleonora - Possibile che ci voglia tanto!

Dottore Buonatesta - Può essere che io mi sia ingannato. Ora tornerò a fare il conto. Osservi, per sua maggiore intelligenza le farò vedere il conto chiaro con queste istesse monete. Ecco qui: quattro al cancelliere, otto al tribunale, due al notaio, tre per il registro e tre per la copia; guardi se il conto può andar meglio. Mi favorisca, li ha ella preparati a posta? È stata informata? Capperi! lo sapeva meglio di me. Brava! la sa lunga. Con lei non si può scherzare. Se le dicevo di più, comparivo un bel barbagianni. Venti scudi! Eccoli, sono qui. Non occorre altro. Li prendo e li porto a Palazzo.

Donna Eleonora - Oh Dio! e li volete portar via tutti?

Dottore Buonatesta - Non ha veduto il conto? Per me, ella vede, non mi resta neanche un quattrino.

Donna Eleonora - Caro signor Dottore, badate se potete risparmiar qualche cosa. Vi svelo una verità deplorabile. Per oggi non ho altro che poco pane, per saziar me e la mia povera serva.

Dottore Buonatesta - La non ci pensi, la si lasci servire. Oggi avrà la sentenza in favore. Domani avrà il suo assegnamento. Mangerà, tripudierà, lasci fare a me.

Donna Eleonora - Ma veramente oggi si darà la sentenza?

Dottore Buonatesta - Oggi senz'altro. Non sono capace di dare ad intendere una cosa per un'altra. Io non sono di quei procuratori che, per iscorticare i clienti, promettono la vittoria senza verun fondamento. Sono galantuomo, disinteressato. Per me non gli chiedo niente, lo faccio di buon cuore.

Donna Eleonora - Il cielo ve ne rimuneri. Quando avrò il mio assegnamento, sarete largamente ricompensato.

Dottore Buonatesta - L'ultima cosa a cui penso, è questa. Signora, vado a Palazzo.

Donna Eleonora - Andate pure. Oggi v'aspetto.

Dottore Buonatesta - Verrò senz'altro.

Donna Eleonora - Colla sentenza?

Dottore Buonatesta - Colla sentenza.

Donna Eleonora - Siete sicuro della vittoria?

Dottore Buonatesta - La vittoria l'ho in pugno. Ho guadagnato senz'altro, e si vedrà quanto prima fin dove si estenda l'acutezza del dottor Buonatesta. (*parte*)

SCENA IV

DONNA ELEONORA, poi COLOMBINA.

Donna Eleonora - Oh cielo! Quando mai terminerò di penare? Non vedo l'ora di andare al possesso di qualche cosa, per poter sovvenire alle mie miserie e per soccorrere in qualche parte il povero mio marito, che si trova in angustie niente meno di me.

Colombina - Orsù, signora padrona, eccomi qui. Datemi uno scudo, ch'io vado subito, subito, a provvedere il desinare.

Donna Eleonora - (Oh sì, che vogliamo star bene). (*da sé*)

Colombina - Dove sono i denari? Dove li avete messi?

Donna Eleonora - Li ho dati al signor Dottore per la spedizione della causa.

Colombina - Tutti?

Donna Eleonora - Tutti: mi ha fatto il conto, e senza venti scudi non si può avere la sentenza.

Colombina - Che ti venga la rabbia, Dottor del diavolo! Portarli via tutti? Lasciarmi senza desinare? Non me ne scorderò mai più. (*è picchiato*)

Donna Eleonora - Picchiano.

Colombina - Fosse almeno quel cane del Dottore; vorrei certo certo, che li mettesse giù.

Donna Eleonora - Ma se fa per noi.

Colombina - Non gli credo una maledetta. (*parte*)

Donna Eleonora - Costei sempre pensa al male, ed io penso al bene. Ah, voglia il cielo ch'ella non l'indovini più di me.

Colombina - Signora, signora. Ecco qui il signor don Rodrigo.

Donna Eleonora - (*s'alza*) Presto, ritira quel tavolino, avanza quella sedia, porta via il telaio; sbrigati e fa che passi.

Colombina - (Capperi! si è messa in ardenza, quando ha sentito nominare don Rodrigo). (*da sé*)

Donna Eleonora - Fa presto, non lo fare aspettare.

Colombina - Vado subito. Signora, ricordatevi che non vi è da desinare.

Donna Eleonora - E per questo, che vuoi tu dire?

Colombina - Se don Rodrigo si movesse a pietà, non istate a fare la schizzinosa. (*parte*)

Donna Eleonora - Don Rodrigo è un cavaliere generoso, ma io sono una dama d'onore: gradisco sommamente la sua amicizia, ed ho per lui una stima che non è indifferente; ma sopra tutto mi sta a cuore il mio decoro e la mia estimazione.

SCENA V

DONNA ELEONORA, DON RODRIGO, poi COLOMBINA.

Don Rodrigo - M'inchino a donna Eleonora.

Donna Eleonora - Serva umilissima di don Rodrigo. S'accomodi.

Don Rodrigo - Per obbedirvi. (*siedono*) Come ha ella riposato bene questa notte?

Donna Eleonora - Ah! come può riposare una che ha il cuore da mille parti angustiato.

Don Rodrigo - (Povera dama! Quanto la compatisco). (*da sé*) Che nuove abbiamo di don Roberto?

Donna Eleonora - Sono sei giorni che non ho di lui veruna notizia. Nell'ultima lettera ch'ei mi scrisse, mi diceva che dubitava avere un poco di febbre, onde il non veder suoi caratteri, mi fa temer ch'ei stia male. Aspetto il nostro servitore Pasquino; oggi dovrebbe arrivare da Benevento. Non vedo l'ora di ricevere qualche notizia del povero mio marito.

Don Rodrigo - È tuttavia in Benevento?

Donna Eleonora - Sì signore. Egli non si è partito di là, per essere in maggior vicinanza di Napoli e aver nuova di me più frequentemente.

Don Rodrigo - Povero cavaliere! Come fa a sussistere senza assegnamenti?

Donna Eleonora - Lo sa il cielo. Aveva seco qualche gioietta, se ne sarà prevalso nelle occorrenze.

Don Rodrigo - E voi, perdonatemi la troppa libertà ch'io mi prendo, come vi reggete a fronte di tante disgrazie?

Donna Eleonora - Fo come posso.

Don Rodrigo - Se vi occorre cos'alcuna, parlate.

Donna Eleonora - Vi ringrazio infinitamente, per ora non sono in grado d'incomodarvi.

Don Rodrigo - (Quanto è modesta!). (*da sé*)

Donna Eleonora - (Quanto è gentile!). (*da sé*)

Don Rodrigo - Come va la vostra causa col fisco?

Donna Eleonora - Mi assicurò il mio Dottore che presto si darà la sentenza.

Don Rodrigo - Ieri ho parlato di voi col signor Segretario, ed ha mostrato di compassionare il vostro caso. Non sarebbe mal fatto che gli faceste presentare un memoriale in nome vostro, ed io, se così vi aggrada, ne sarò il presentatore.

Donna Eleonora - Mi fareste un favor singolare, anzi il memoriale l'ho di già preparato, e solo mancavami il mezzo per esibirlo. Colombina.

Colombina - Signora. (*viene*)

Donna Eleonora - Guarda nell'arcova sul mio scrittoio, che vi ha da essere un memoriale; recamelo tosto.

Colombina - La servo. (Ha fatto nulla?) (*piano ad Eleonora*)

Donna Eleonora - Va via, impertinente.

Colombina - (Or ora farò io). (*parte*)

Don Rodrigo - In un'età sì giovane, con tante belle doti che vi adornano, trovarvi sola, senza marito e senza beni, è un caso che fa pietà.

Donna Eleonora - Non mi accrescete il peso de miei disastri col rimarcarmene le circostanze.

Colombina - Io non trovo nulla.

Donna Eleonora - Sciocca che sei! Non ne fai una a dovere. Lo troverò io. Con licenza. (*parte*)

Don Rodrigo - S'accomodi.

Colombina - (Grazie al cielo, è andata). (*da sé*)

Don Rodrigo - Colombina, come va?

Colombina - Male assai. Non si mangia, non si beve, e si muor dalla fame.

Don Rodrigo - Donna Eleonora non ti dà il tuo bisogno per vivere?

Colombina - Se non ne ha nemmeno per sé. Fa una vita miserabile; mangia pane ed acqua, ed io faccio lo stesso per conversazione.

Don Rodrigo - Ma io m'esibisco d'assisterla, ed ella...

Colombina - Zitto, che viene: non le dite nulla ch'io abbia parlato, e regolatevi con prudenza.

Don Rodrigo - Io rimango confuso.

Donna Eleonora - Ecco il memoriale. Vedi se c'era, scioccherella? Tenete, don Rodrigo, mi raccomando alla vostra bontà.

Don Rodrigo - Sarete puntualmente servita. Ma, cara signora, vorrei pregarvi d'una grazia.

Donna Eleonora - Comandate.

Don Rodrigo - Vorrei che vi degnaste di far capitale della mia buona amicizia.

Donna Eleonora - Credo che vediate, se io la stimo.

Don Rodrigo - No, non ne fate quella stima ch'io desidero.

Colombina - (Ora comincia a venire il buono). (*da sé*)

Donna Eleonora - Qual maggior dimostrazione posso io darvene?

Don Rodrigo - Desidero mi parliate con libertà. Voi siete in qualche angustia, e non lo volete a me confidare.

Donna Eleonora - Oh signore, v'ingannate. Io non ho bisogno di nulla.

Don Rodrigo - Iersera giuocai al faraone; mi venne in mente la vostra persona, misi una posta per voi, la vinsi; la raddoppiai, e nuovamente la vinsi: questo denaro è cosa vostra, onde degnatevi d'accettarlo.

Colombina - Oh sì, signora, ha giuocato per voi, ha vinto, il denaro è vostro. (*a donna Eleonora*)

Don Rodrigo - Eccolo...

Donna Eleonora - No no, rigiuocatelo, perdetelo, fatene altr'uso. Siccome, se aveste perduto, io non vi avrei rimborsato, così, avendo vinto, a me non s'appartiene la vincita.

Don Rodrigo - Ma in ogni forma avete da farmi la finezza di ricevere queste sei doppie...

Donna Eleonora - In ogni modo contentatevi ch'io aggradisca unicamente il vostro buon cuore. Io non ne ho bisogno.

Colombina - (Oh diavolo! la scannerei come un animale). (*da sé*)

Don Rodrigo - Signora, quando è così, vi chiedo scusa della libertà che presa mi sono.

Donna Eleonora - Non posso che lodare la vostra bontà.

Don Rodrigo - (Che nobil tratto!). (*da sé*)

Donna Eleonora - (Che cuor generoso!). (*da sé*)

Don Rodrigo - (Le sue maniere m'incantano!).

Donna Eleonora - (Sono adorabili i suoi costumi!).

Don Rodrigo - Donna Eleonora, vi levo l'incomodo. (*s'alzano*)

Donna Eleonora - Non incomoda chi favorisce.

Don Rodrigo - Vi prego non lasciarmi senza l'onore de' vostri comandi.

Donna Eleonora - Vi raccomando il memoriale.

Don Rodrigo - Sarete servita. Vi son servo. (*s'incammina*)

Colombina - Eh signora, vi vuol altro che memoriali; pagnotte vogliono essere. (*piano ad Eleonora*) Aspetti, aspetti che verrò a servirla. (*a Don Rodrigo*)

Donna Eleonora - Dove vai?

Colombina - Vado ad accompagnare il signor don Rodrigo.

Donna Eleonora - Egli non ha bisogno di te.

Colombina - Ho io ben bisogno di lui.

Don Rodrigo - Colombina, ti occorre nulla?

Donna Eleonora - Nulla, nulla, signore, non le date retta, è pazza.

Colombina - Mi volete veder morire? morirò.

Don Rodrigo - Ma se la povera figliuola ha qualche cosa da dirmi, signora, non la impedite.

Donna Eleonora - Ella non può dirvi che delle scioccherie; onde vi prego non ascoltarla.

Don Rodrigo - Vi obbedisco. A voi m'inchino. (Comprendo la delicatezza d'un animo che teme avvilirsi. Cosa rara, cosa ammirabile ai nostri giorni!). (*da sé, parte*)

SCENA VI

DONNA ELEONORA e COLOMBINA.

Donna Eleonora - Che hai che piangi?

Colombina - Piango dalla fame, dalla rabbia, dalla disperazione.

Donna Eleonora - Prendi questo spillone, procura impegnarlo, e provvedi l'occorrente per oggi.

Colombina - Ora mi fate piangere per un'altra ragione.

Donna Eleonora - Perché?

Colombina - Per vedervi tanto buona, che con tutta la gran necessità che avete, vi contentate patire e privarvi di tutti i vostri adornamenti, piuttosto che dimandare soccorso.

Donna Eleonora - Eh cara Colombina, la vita si può sostenere con poco. Gli adornamenti non sono necessari, ma l'onore merita le più zelanti attenzioni, e chi è nato nobile, ha maggior obbligo di custodirlo.

Colombina - Don Rodrigo non ha verso di voi veruna cattiva intenzione.

Donna Eleonora - Il cuor degli uomini non si conosce. Se non ha cattiva intenzione, può averla un giorno. Perdendo io di stima verso di lui, può egli arrogarsi dell'autorità sopra di me. No, no, morir piuttosto, ma sostenere il decoro.

Colombina - Brava, bravissima! Intanto anderò a impegnare lo spillone. Tireremo avanti fino che si potrà, e poi spero che vi accomoderete al costume. Eh signora mia, ne troverete poche che pensino come voi. Sapete che cosa dice il poeta? Che la necessità gran cose insegna. (*parte*)

Donna Eleonora - La necessità non m'insegnerà mai a scordarmi del mio dovere. Il povero mio consorte, che ha tutto perduto, non ha che una moglie onorata, che vaglia a sostenere il decoro della desolata famiglia. Lo sosterrò a costo della mia vita, e se vedrò che la presenza di don Rodrigo possa mettere in maggior pericolo la mia virtù, priverommi ancora di quest'unica conversazione, volendo io tutto sagrificare al dovere di sposa fedele, di donna onesta, e di dama povera, ma onorata. (*parte*)

SCENA VII

Camera in casa di donna Claudia.

DONNA CLAUDIA e BALESTRA

Donna Claudia - Balestra.

Balestra - Illustrissima. (*viene*)

Donna Claudia - Porta innanzi quel tavolino.

Balestra - Illustrissima sì. (*lo tira innanzi*) Comanda altro?

Donna Claudia - No. (*Balestra parte*) Tardano molto le visite stamattina. Balestra.

Balestra - Illustrissima. (*viene*)

Donna Claudia - Hai veduto don Alonso?

Balestra - Illustrissima no.

Donna Claudia - Non occorr'altro. (*Balestra parte*) Questo mio signor cavaliere ha poca attenzione per me. Parmi che egli si vada raffreddando un poco. Non viene più a bere la cioccolata la mattina per tempo. Balestra.

Balestra - Illustrissima. (*viene*)

Donna Claudia - Dammi una sedia.

Balestra - La servo. (*le porta la sedia, e resta in camera*)

Donna Claudia - (*siede*) Mio marito non averà mancato a quest'ora di andare a riverire la sua dama. Che fai tu qui, ritto, ritto, come un palo? (*osservando Balestra*)

Balestra - Stavo attendendo se comandava altro.

Donna Claudia - Quando ti vorrò, ti chiamerò.

Balestra - Benissimo. (*fra i denti, e parte*)

Donna Claudia - Questo star sola mi viene a noia. Balestra.

Balestra - (*viene senza parlare*)

Donna Claudia - Balestra. (*non vedendolo*)

Balestra - Son qua, illustrissima.

Donna Claudia - Pezzo d'asino! Non rispondi?

Balestra - Credevo che mi avesse veduto. (Che tu sia maledetta nel tuppè!). (*da sé*)

Donna Claudia - A che ora è partito mio marito?

Balestra - A tredici ore. (*vuol partire*)

Donna Claudia - Fermati. Ha detto nulla?

Balestra - Nulla.

Donna Claudia - Via, vattene, non voglio altro. (*con rabbia*)

Balestra - Vado, vado. (*parte*)

Donna Claudia - Se non viene nessuno, anderò io a ritrovare donna Virginia. Balestra.

Balestra - Illustrissima. (*viene*)

Donna Claudia - Di' al cocchiere che attacchi.

Balestra - Illustrissima sì. (*parte*)

Donna Claudia - Ma anderò in carrozza senza un cavaliere che mi accompagni? Non è dovere. Balestra.

Balestra - Illustrissima. (*viene*)

Donna Claudia - Non occorre altro.

Balestra - Non vuole altro?

Donna Claudia - No.

Balestra - Non vuole la carrozza?

Donna Claudia - No, ti dico, in tua malora.

Balestra - (Oh che bestia, oh che bestia!). (*parte*)

Donna Claudia - Ma questo don Alonso è troppo incivile. Se mi tenta, mi faccio servire dal conte Asdrubale.

Balestra - Illustriss... (*viene*)

Donna Claudia - Il malanno che ti colga; non ti ho chiamato.

Balestra - Una imbasciata.

Donna Claudia - Di chi?

Balestra - Don Alonso vorrebbe riverirla.

Donna Claudia - Asinaccio! Il cavalier servente non ha portiera. Passi.

Balestra - Perdoni; sono ancora novizio. (Un'altra volta lo lascio venire, se la fosse anco al *licet*). (*parte*)

Donna Claudia - Vorrei rimproverarlo, ma non vuò disgustarlo. È troppo buon cavaliere. Soffre tutto e si contenta di poco.

SCENA VIII

DON ALONSO e detta, poi BALESTRA.

Don Alonso - Ben levata, donna Claudia, mia signora.

Donna Claudia - Caro don Alonso, compatite l'ignoranza del nuovo mio servitore. Non è stata mia intenzione che facciate anticamera.

Don Alonso - So la vostra bontà, né io sto su queste piccole cose.

Donna Claudia - Oh, io sono poi esattissima. Ma don Alonso mio, vi vorrei un poco più diligente.

Don Alonso - Signora, un affare di premura questa mattina mi ha trattenuto.

Donna Claudia - Eh, non vorrei... Basta, basta, se me n'accorgo, povero voi.

Balestra - Illustriss... (*viene*)

Donna Claudia - Che vuoi tu qui? (*arrabbiata*)

Balestra - Un'altra imbasc...

Donna Claudia - Va via, serra quella portiera.

Balestra - Ma senta...

Donna Claudia - Va via. Quando un cavaliere è nella mia camera, non hai da entrare senza mia permissione.

Balestra - Non occorre altro. (Maledettissima!). (*parte*)

Donna Claudia - Credetemi, don Alonso, che con questi servitori ignoranti io impazzisco.

Don Alonso - Ma egli, compatitemi, aveva un'imbasciata da farvi.

Donna Claudia - Un'imbasciata?

Don Alonso - Certamente. Ha principiata la parola e non l'ha finita.

Donna Claudia - Ha un'imbasciata da farmi, e non me la fa? Gran bestia! Balestra.

Balestra - Illustrissima. (*di dentro*)

Donna Claudia - Non vieni?

Balestra - Posso o non posso? (*di dentro*)

Donna Claudia - Vieni, animalaccio, vieni.

Balestra - Eccomi. (*viene*)

Donna Claudia - Tu hai un'imbasciata da farmi, e non me la fai?

Balestra - Ma se non mi lasc...

Donna Claudia - Presto, dico, fammi l'imbasciata.

Balestra - La signora donna Virginia vorrebbe riverirla.

Donna Claudia - Donna Virginia? È in carrozza?

Balestra - È smontata.

Donna Claudia - È scesa e tu la fai aspettare? Villano! Presto, va là, fa che passi.

Balestra - Se io sto più in questa casa, che il diavolo mi porti! (*vuol partire*)

Donna Claudia - Balestra, Balestra.

Balestra - Signora, signora.

Donna Claudia - Tira innanzi un'altra sedia. (*Balestra la tira, e poi vuol partire*) Balestra, un'altra. (*Balestra tira, e poi vuol partire*) Balestra, quella non istà bene, un poco più in qua. Presto, via, corri, va dalla dama.

Balestra - Un servitor solo non può far tutto.

Donna Claudia - Taci là, temerario.

Balestra - (Strega del diavolo!). (*da sé, parte*)

Donna Claudia - Oh, questi servitori sono indegnissimi.

Don Alonso - Bisogna trattarli con un poco più di dolcezza.

Donna Claudia - Bravo, signor sì, tenete la parte dei servitori. Che caro signorino! Obbligata, obbligata.

Don Alonso - Compatitemi, io non ci devo entrare.

Donna Claudia - Anzi ci dovete entrare, e tocca a voi a farmi portar rispetto e a farmi obbedire.

Don Alonso - Questo appartiene a vostro marito.

Donna Claudia - Mio marito non abbada a queste cose. Egli si prenderà tal pena in qualche altro luogo, e a voi tocca a tener in dovere la mia servitù.

SCENA IX

DONNA VIRGINIA e detti, e BALESTRA che alza la portiera.

Donna Claudia - Cara amica, siate la benvenuta.

20

Donna Virginia - Ah, ah, vi è don Alonso; ora capisco, perché mi avete fatto fare mezz'ora di anticamera. Vi compatisco.

Donna Claudia - Deh, perdonatemi, è derivato da un zotico servitore, che ho preso ieri al servizio. Vi prego a non prendere la cosa sinistramente.

Donna Virginia - No, cara, ho scherzato. Ho piacere di ritrovarvi in una sì bella compagnia.

Don Alonso - Donna Virginia stamane è di buon umore.

Donna Claudia - Ma! chi ha il cuor contento, ha il riso in bocca. Ditemi, avete veduto mio marito? (*a donna Virginia*)

Donna Virginia - Sì, è stato a favorirmi stamattina per tempo.

Donna Claudia - E non è venuto con voi in carrozza?

Donna Virginia - No, perché vi era il marchese Ascanio, e sapete che vostro marito non si picca di preferenza, e cede volentieri il suo posto ad un forestiere.

Donna Claudia - E il marchese dove è andato?

Donna Virginia - Dopo avermi accompagnata fin qui, è andato a Corte per un affare di qualche rilievo.

Donna Claudia - Chi verrà a prendervi?

Donna Virginia - O egli stesso, o vostro marito, o il signor barone, o l'inglese, o che so io! Qualcheduno.

Donna Claudia - Non vi mancano serventi.

Donna Virginia - Ne ho tanti che non mi ricordo di tutti.

Donna Claudia - E il più caro qual è?

Donna Virginia - Tutti eguali. Non m'importa un fico di nessuno.

Don Alonso - (Io le ascolto col maggior piacere del mondo). (*da sé*)

Donna Claudia - Che vogliamo fare? Vogliamo giocare all'ombre.

Donna Virginia - Oh sì, vi ho tutto il mio piacere.

Donna Claudia - Don Alonso, ci favorite?

Don Alonso - Dipendo dai vostri voleri.

Donna Virginia - Don Alonso poi è un cavalierino garbato.

Don Alonso - Ma io ho un difetto che a voi non piacerebbe.

Donna Virginia - E qual è?

Don Alonso - Che al bene e al male mi piace esser solo.

Donna Claudia - Balestra.

Balestra - Vengo o non vengo? (*di dentro, e poi viene*)

Donna Claudia - Presto, porta le carte e le puglie.

Balestra - Subito la servo. (*vuol partire*)

Donna Claudia - Sediamo intanto. Balestra.

Balestra - Signora.

Donna Claudia - Le sedie al tavolino.

Balestra - (*va accostando le sedie*) La servo.

Donna Claudia - Presto, le carte e le puglie.

Balestra - Signora, una cosa alla volta. Io non ho altro che due gambe e due mani. (*parte*)

Donna Claudia - Impertinente! Oh, lo caccio via subito.

Donna Virginia - (Ha ragione il poveruomo: che bella dama! Vuol tenere conversazione, e non ha che un servitor solo). (*da sé*)

Balestra - Ecco qui le carte e le puglie. (*resta in disparte*)

Don Alonso - Farò io.

Donna Claudia - No, no, quando giuocano due dame, tocca la mano al cavaliere; farò io.

Don Alonso - Come vi aggrada.

Donna Claudia - (*mescola le carte, e le dà fuori*)

Donna Virginia - Di quanto si giuoca?

Don Alonso - Comandate.

Donna Claudia - Eh, di poco. Un carlino la puglia.

Donna Virginia - Spadiglia obbligata?

Donna Claudia - Sì, fino a cento.

Don Alonso - (Sto fresco!). (*da sé*) Passo. (*pone una puglia nel piatto*)

Donna Virginia - Passo. (*fa lo stesso*)

Donna Claudia - Entro.

Balestra - (In un forno ben caldo). (*da sé, parte*)

Donna Virginia - A proposito, donna Claudia, quant'è che non vedete donna Eleonora?

Donna Claudia - Sarà una settimana.

Donna Virginia - Poverina, gran disgrazia!

Donna Claudia - Eh, non dubitate, che ha trovato chi la consola.

Donna Virginia - E chi? Don Rodrigo?

Donna Claudia - Don Rodrigo, per l'appunto. (*va facendo il giuoco*)

Donna Virginia - Eppure è un uomo serio, che non si è mai dilettato di servir dame.

Donna Claudia - Quelli che non appariscono in pubblico, fanno meglio le loro cose in privato.

Don Alonso - Signora, l'avete trovato questo trionfo?

Donna Claudia - Oh, siete impaziente! Mi è stato detto per certo, ch'egli va in casa sua a tutte l'ore.

Donna Virginia - È verissimo, lo so ancor io; e sì chi la sente, la modestina, ella è una Penelope di castità.

Donna Claudia - Io non le ho mai creduto. Sentite, se non fosse don Rodrigo, ella si morrebbe di fame.

Donna Virginia - Dote non ne ha certamente.

Donna Claudia - Dote? Se è andata a marito che non aveva camicia da mutarsi.

Donna Virginia - Ma perché mai don Roberto l'ha presa, se era così povera?

Don Alonso - Ve lo dirò io, signora. Perché don Roberto è di una nobiltà moderna, e donna Eleonora è di una delle prime famiglie antiche di Napoli.

Donna Virginia - Oh, oh, gran nobiltà invero! Si sa chi era sua madre; era figlia di un semplice cittadino, e sua zia ha preso per marito un avvocato.

Donna Claudia - Eh! io so perché l'ha sposata.

Donna Virginia - Perché, cara amica?

Donna Claudia - Non voglio dir male, ma so tutta la storia come andò.

Donna Virginia - Vi era qualche obbligazione?

Donna Claudia - Ve lo potete immaginare.

Don Alonso - Signora, perdonatemi. Questo è un matrimonio ch'è stato trattato da mio padre; e donna Eleonora si è maritata onestissimamente.

Donna Claudia - Eh sì, bravo, bravo; si sa che ancor voi le avete fatto l'amore, quand'era fanciulla, ed ora la proteggete, non è egli vero?

Donna Virginia - Caro don Alonso, fate torto a donna Claudia.

Don Alonso - Io non faccio torto a nessuno dicendo la verità.

Donna Claudia - Oh bene, andate dalla vostra gran dama, ch'io non ho bisogno di voi. (*s'alza*)

Donna Virginia - Eh, venite qua, giuochiamo.

Donna Claudia - No, no, non voglio giuocar più? (*s'alzano*)

Don Alonso - Signora, perdonatemi, io non ho preteso né di offendervi, né di farvi alcun dispiacere.

Donna Claudia - Maledetto vizio che avete di sempre voler contradire! Siete poco cavaliere.

Don Alonso - Avete ragione, vi domando perdono.

Donna Claudia - Voler difendere una che si sa chi è.

Donna Virginia - Tutta Napoli è informata che don Rodrigo le dà da vivere.

Donna Claudia - Le paga fino la cameriera.

Donna Virginia - E la pigione della casa chi gliela paga? Ella non ha un soldo.

Donna Claudia - So quasi di certo che don Rodrigo ha fatta la scritta in testa sua, perché il signor Anselmo non la voleva lasciare a donna Eleonora.

Donna Virginia - È vero?

Donna Claudia - Io ne sono quasi certa, e avanti sera lo saprò meglio.

Donna Virginia - Che ne dite, signor protettore?

Don Alonso - Credetemi che ciò mi pare impossibile.

Donna Claudia - Eccolo qui. Perfidissimo uomo! Ho piacere d'avervi scoperto. È qualche tempo che mi parete meco raffreddato; sarete forse impegnato per la gran dama. Ma non son chi sono, se non mi vendico. Se è stato bandito suo marito, a me darà l'animo di fare esiliare ancor lei.

Don Alonso - Ma signora...

Donna Claudia - Non voglio ascoltarvi.

Don Alonso - Vi supplico a...

SCENA X

DON FLAMINIO e detti.

Don Flaminio - Che è questo strepito? Perché questi clamori?

Donna Virginia - Vostra moglie ha mortificato il povero don Alonso.

Don Flaminio - Mia moglie è bizzarra davvero. Non la conoscete ancora? Oh, la conoscerete, e allora compatirete me, se do in qualche impazienza.

Don Alonso - Amico, io non ho mancato a veruno de' miei doveri.

Don Flaminio - Ma perché siete andati in collera?

Donna Virginia - Lo dirò io. Don Alonso si è posto a difendere donna Eleonora. Vuol negare che don Rodrigo sia il di lei servente, o per dir meglio, il di lei benefattore. Noi che sappiamo la cosa com'è, diciamo diversamente, ed egli si ostina e ci dà gentilmente delle mentite.

Don Flaminio - Oh, don Alonso, compatitemi, l'intendete male. In faccia delle donne, mai per vostra regola non si dice bene di un'altra donna. E poi, non sapete voi che il contradire ad una donna è lo stesso che voler navigare contr'acqua e contro vento?

Don Alonso - Lo so benissimo, ma credetemi, io non posso sentire a pregiudicare la riputazione d'una dama onorata.

Don Flaminio - E che? Pregiudicano forse la sua riputazione a dire che don Rodrigo la serve? Io servo donna Virginia, voi favorite mia moglie, e per questo che male c'è?

Don Alonso - Tutto va bene, ma dicono che don Rodrigo le dà da vivere, le paga la cameriera, la pigion di casa e cose simili.

Don Flaminio - Caro amico, e chi gliel'ha da pagare? Siete pur buono ancor voi. I beni di suo marito sono tutti confiscati; ella non ha un soldo di dote. Parliamoci chiaro, d'aria non si vive.

Don Alonso - Ma ella ha venduto, vende e lavora...

Donna Claudia - Sentite com'è esattamente informato?

Donna Virginia - Donna Claudia, volete che questa sera andiamo a fare una visita a donna Eleonora?

Donna Claudia - Visite a donna Eleonora? Quella pezzente non è degna delle mie visite.

Donna Virginia - Vedremo un poco come si contiene questa gran dama nello stato miserabile in cui si trova.

Donna Claudia - La vedrete al solito delle sue pari, povera e superba.

Donna Virginia - Chi sa che non scopriamo qualche cosa di più? Io ho in testa ch'ella si diletti di tener conversazione. Don Alonso lo saprà.

Don Alonso - Per quello ch'io so, donna Eleonora è una dama ritiratissima, e in casa sua, a riserva di don Rodrigo, non vi capita alcuno.

Don Flaminio - Orsù, venite qui. Quanto vogliamo scommettere ch'io vado in casa sua e le faccio da cicisbeo?

Don Alonso - Scommetto cento luigi che non vi riesce di farlo.

Don Flaminio - Scommettiamo un orologio d'oro.

Don Alonso - Benissimo, io non mi ritiro.

Don Flaminio - Donna Virginia, siete voi contenta che io faccia questa prova e mi guadagni questo orologio?

Donna Virginia - Servitevi pure con libertà.

Don Flaminio - Già m'immagino che per quel tempo ch'io lascierò di servirvi, non mancherà chi saprà occupare il mio posto.

Donna Virginia - Di ciò non vi prendete pena. Ci penso io.

Don Flaminio - E voi, signora consorte, che cosa dite?

Donna Claudia - Dico che avete vinto senz'altro.

Don Flaminio - Vi pare ch'io sia un cavaliere manieroso, capace per abbattere a' primi colpi il cuor d'una donna?

Donna Claudia - Le donne di quella sorta si vincono facilmente.

Don Flaminio - La scommessa è fatta, per ora più non se ne parli. Andiamo a fare una passeggiata in giardino.

Donna Virginia - Andiamo pure.

Don Flaminio - Favorite la mano?

Donna Virginia - Eccomi.

Don Flaminio - Povera donna Virginia, come farete a star qualche giorno senza di me?

Donna Virginia - Credetemi che non mi ammalerò certamente.

Don Flaminio - Ah crudele! Voi vi prendete spasso di chi muore per voi.

Donna Virginia - Domani morirete per donna Eleonora, e un altro giorno tornerete a morire per me. (*partono*)

Don Alonso - Comandate ch'io abbia l'onore di servirvi?

Donna Claudia - Obbligatissima, andate a servire donna Eleonora.

Don Alonso - Ciò è impossibile. Ella sarà impegnata per vostro marito. (*con ironia*)

Donna Claudia - Eh andate, che vi sarà luogo anche per voi. Una frasca non ricusa nessuno. (*parte*)

Don Alonso - Ecco il vizio comune di quasi tutte le donne. Criticare le azioni altrui e non riflettere sulle proprie. Ecco il soggetto principale di quasi tutte le conversazioni: mormorare, dir male del prossimo, tagliare i panni addosso alla povera gente. So che donna Eleonora è una dama onesta, e sono obbligato a difendere l'onor suo, ancorché da lei non pretenda nemmeno di essere ringraziato. Servo donna Claudia più per impegno che per inclinazione. E se ella pretenderà da me più di quel che le si compete, prenderò il mio congedo. Gran pazzia è la nostra! Servir per diletto e soggettarsi alle ridicole stravaganze di una donna, per avere il grand'onore di essere nel numero de' cavalieri serventi! (*parte*)

ATTO SECONDO

SCENA I

Strada comune

PASQUINO da viaggio, poi DON RODRIGO.

Pasquino - Maledetta la mia disgrazia! Son nato sciocco e morirò barbagianni! Corpo del diavolo; ho perduta la lettera. Il mio padrone mi manda a posta da Benevento a portare una lettera alla padrona, e il diavolo me l'ha portata via.

Don Rodrigo - (Questi è il servo di don Roberto). (*da sé*)

Pasquino - Se non la trovo, son disperato. (*va cercando la lettera intorno di sé e per terra*)

Don Rodrigo - Pasquino?

Pasquino - Signore.

Don Rodrigo - Che fai tu qui?

Pasquino - Cerco una lettera.

Don Rodrigo - Che lettera?

Pasquino - Una lettera che mi ha data il padrone per portare alla mia padrona.

Don Rodrigo - Come sta il tuo padrone?

Pasquino - È in letto, che sta combattendo fra il male ed il medico.

Don Rodrigo - Perché dici così?

Pasquino - Perché il male ed il medico fanno a gara per ammazzarlo più presto.

Don Rodrigo - (È ridicolo costui). (*da sé*) Dunque il tuo padrone è ammalato?

Pasquino - Signor sì, ed io ho perduta la lettera.

Don Rodrigo - Don Roberto scrive una lettera a donna Eleonora?

Pasquino - Signor sì. Abbiamo fatto la cosa in due.

Don Rodrigo - E come in due?

Pasquino - Egli l'ha scritta ed io l'ho perduta.

Don Rodrigo - (Voglio valermi di costui per il mio disegno). (*da sé*) Come farai a presentarti a donna Eleonora senza la lettera di suo marito?

Pasquino - Io fo conto di tornarmene a Benevento coll'istessa cavalcatura. (*accenna le proprie gambe*)

Don Rodrigo - E vorrai partire senza lasciarti vedere dalla padrona? Se ella sa che sei qui venuto, dubiterà che don Roberto sia morto e darà nelle disperazioni.

Pasquino - È vero; anderò a consolarla.

Don Rodrigo - Se vai senza lettera, è peggio.

Pasquino - Dunque anderò o non anderò?

Don Rodrigo - Orsù, sentimi, io ti darò da portarle una cosa che le sarà più cara della lettera.

Pasquino - Buono. L'averò a caro.

Don Rodrigo - Eccoti una borsa con dentro cinquanta scudi. Devi portarla a donna Eleonora e dirle che a lei la manda il consorte, aggiungendo che egli la riverisce e sta meglio di salute. Se chiede perché non abbia scritto, le dirai perché non ha avuto tempo; ma avverti sopratutto di farle credere senza dubbio che il danaro venga da don Roberto.

Pasquino - Signore, non faremo niente.

Don Rodrigo - Perché?

Pasquino - Perché quando dico una bugia, divengo rosso.

Don Rodrigo - Procura di usar franchezza. Parla poco; dalle la borsa, e vattene presto. Se ti porti bene, vieni al caffè vicino, e ti darò uno scudo di mancia.

Pasquino - Per far ch'io non venga rosso, non vi è altro rimedio che toccarmi il viso con dell'oro o con dell'argento. Se questo scudo l'avessi avanti, mi par che la cosa anderebbe meglio.

Don Rodrigo - Ti ho capito. Eccoti uno scudo, opera da tuo pari.

Pasquino - Lasci fare a me, sono un uomo di garbo.

Don Rodrigo - Sopratutto avverti, per qualunque interrogazione che ti facesse, non nominare la mia persona.

Pasquino - Non vi è dubbio che io vi nomini, perché non mi ricordo come abbiate nome.

Don Rodrigo - Vanne, ti aspetto al caffè vicino con la risposta.

Pasquino - E collo scudo.

Don Rodrigo - Lo scudo te l'ho dato.

Pasquino - Quello è per il viso; quell'altro servirà per la mano. Uno per il rossore e l'altro per la vergogna.

Don Rodrigo - Portati bene, e non dubitare.

Pasquino - Sa V. S. come dice il proverbio? Una mano lava l'altra e tutte due il viso. (*parte*)

Don Rodrigo - Costui è faceto, ma so per relazione essere fedele ed onorato; onde son certo che non mi gabberà. In questa guisa soccorrerò donna Eleonora, senza offendere la sua delicatezza. Ella è una dama piena di spirito e di buone massime, ed io sempre più mi sento stringere dalle prerogative del di lei merito. Se ella fosse libera, non esiterei un momento a dichiararle il mio cuore, ma essendo moglie, soffocherò i miei sospiri, dissimulerò qualunque passione, e mi farò gloria di servire puramente una dama, che fa risplendere il decoro della sua nascita anche fra le persecuzioni della fortuna. (*parte*)

SCENA II

DON FLAMINIO e BALESTRA.

Don Flaminio - Balestra, sono in un grande impegno.

Balestra - Se crede ch'io sia capace di servirla, mi comandi.

Don Flaminio - Ho scommesso un orologio d'oro, che a me riuscirà d'introdurmi in casa di una dama, e che diverrò il suo servente.

Balestra - È fanciulla, vedova o maritata?

Don Flaminio - Ha il marito esiliato.

Balestra - Come sta ella d'assegnamenti?

Don Flaminio - Credo sia miserabile.

Balestra - Spererei che l'orologio d'oro non si avesse a perdere.

Don Flaminio - Aggiungi che, oltre la scommessa, vi è tutto il mio impegno. Non si è mai detto, né si dirà, che don Flaminio abbia attaccata una piazza che non siasi resa. Perderei del buon concetto, se non riuscissi in questa novella impresa. Ma dirotti ancora di più, la dama non mi dispiace, ed agli stimoli dell'impegno mi s'aggiungono quelli di una inclinazione, che quasi quasi principia ad essere amore.

Balestra - Tre forti ragioni per dichiarar la guerra al nemico. La piazza bisogna attaccarla da più parti (giacché col titolo di bella piazza V. S. denomina la sua dama). Bisogna piantare il blocco della servitù in qualche distanza, finché stringendolo a poco alla volta, diventi assedio. Conviene distribuire le batterie: qua una batteria di parole amorose, là una batteria di sospiri, costà un'altra di passatempi, e qua la più forte batteria de' regali. Batti da una parte, batti dall'altra, o di qua o di là si fa breccia. Allora, o che la piazza si rende a patti, o che il soldato valoroso, prendendola per assalto, tratta a discrezion l'inimico, lo passa a fil di spada e s'impossessa di tutta la munizione.

Don Flaminio - Bravo, Balestra. Tu sei molto intendente della guerra amorosa.

Balestra - Sappia che nel reggimento di Cupido ho sempre servito di foriere.

Don Flaminio - Potresti dunque precedere la compagnia de' miei desideri amorosi e avanzarti verso il quartiere dell'inimico.

Balestra - Buono! Vorrebbe V. S. illustrissima ch'io gli andassi a preparare la tappa.

Don Flaminio - Potresti intimare al capitano la resa.

Balestra - Mi dia un poco di munizione, e mi lasci operare.

Don Flaminio - Eccoti della polvere d'oro, che vale molto più di quella da schioppo. (*gli dà dei denari*)

Balestra - Infatti anche nelle guerre più vere si consuma più oro che salnitro. Lasci fare a me. Già so qual è la piazza che si deve attaccare; me l'ha detto un'altra volta e, grazie al cielo, ho buona memoria.

Don Flaminio - Ti pare che sia soverchiamente difesa?

Balestra - So tutto; conosco il general comandante. So che presidio vi è dentro.

Don Flaminio - Ti lusinghi della vittoria?

Balestra - Della difesa interna non ho paura. Mi spaventa un certo campo volante.

Don Flaminio - Condotto forse dall'armi di don Rodrigo?

Balestra - Per l'appunto. Ho paura ch'egli abbia un reggimento d'Ungheri, che distruggano le nostre batterie.

Don Flaminio - Convien pensare a qualche militare strattagemma.

Balestra - Vedrò se mi riesce aver la piazza con l'intelligenza di qualche subalterno.

Don Flaminio - Questo sarebbe un combattere senza sangue.

Balestra - Vi è un certo capitan Colombina; se mi riesce di guadagnarlo, può essere che di notte ci faccia calare il ponte e ci dia l'ingresso per la porta del soccorso. Allora, chi si può salvare, si salvi: la piazza è nostra, ed il comandante prigioniero di guerra.

Don Flaminio - Bravo, Balestra, tu sei da campagna e da gabinetto, valoroso e politico nell'istesso tempo. Opera da tuo pari, e non dubitare che sarai a parte della vittoria. (*parte*)

Balestra - Per lui il generale, e per me il capitano. Questa è stata la più bella scena del mondo. Chi ci avesse uditi, ci avrebbe presi per due commedianti del secento. Ma lasciando l'allegoria e venendo al proposito, qui convien maneggiarsi e servire un padrone che in me confida. In questa sorta d'affari ci vuole audacia e coraggio. Andrò in casa a dirittura. Se trovo la serva, alzo un partito; se trovo la padrona, ne pianto un altro. I denari bastano, le parole non mancano, faccia tosta e niente paura. (*parte*)

SCENA III

Camera di donna Eleonora.

DONNA ELEONORA e COLOMBINA.

Colombina - Ecco qui quel che mi hanno dato sopra lo spillone. Sei carlini.

Donna Eleonora - Sei carlini e non più?

Colombina - E ancora con gran fatica.

Donna Eleonora - Mi costa due zecchini. Gran disgrazia per chi ha di bisogno! Dove l'hai impegnato?

Colombina - Da un uomo dabbene, che digiuna tre volte la settimana e fa pegni a posta per maritare delle fanciulle.

Donna Eleonora - Prende nulla sopra l'imprestito?

Colombina - Sì signora, mi ha detto che da qui a otto giorni gli porti otto carlini, altrimenti venderà lo spillone.

Donna Eleonora - Sarebbe meglio digiunasse meno, e non facesse usure.

Colombina - È stato picchiato, vado a veder chi è. (*parte*)

Donna Eleonora - Mi sta a cuore mio marito. Fosse almeno qualche sua lettera.

Colombina - Allegramente, signora padrona. (*viene camminando*)

Donna Eleonora - Che buona nuova mi porti?

Colombina - È qui Pasquino, che viene da Benevento.

Donna Eleonora - Sia ringraziato il cielo: ha lettere?

Colombina - Non lo so.

SCENA IV

PASQUINO e dette.

Pasquino - Bacio la mano alla mia padrona. Colombina, ti saluto.

Colombina - Benvenuto, Pasquino. Che fa il padrone?

Donna Eleonora - Che fa mio marito?

Pasquino - Crepa di sanità.

Donna Eleonora - Non ti capisco. Sta bene o sta male?

Pasquino - Sta benissimo, non può star meglio.

Donna Eleonora - Sia ringraziato il cielo. Ti ha dato lettere?

Pasquino - Lettere?... (*si confonde*)

Donna Eleonora - Sì, non ti ha dato alcuna lettera per me?

Pasquino - Non mi ha dato lettera, ma mi ha dato una cosa che val più di mille lettere.

Donna Eleonora - E che cosa ti ha dato?

Pasquino - Osservate: una borsa di quattrini. Cinquanta scudi. (*mostra la borsa*)

Colombina - Oh cari! so anch'io che vagliono più di centomila lettere.

Donna Eleonora - Come mio marito può mandarmi questo denaro, se trovasi in istato di necessità? Ho timore che tu mi voglia ingannare.

Colombina - Eh, che Pasquino è un galantuomo, non è capace di dir bugie.

Pasquino - Mi maraviglio, sono un uomo che, quando dico la verità, non mentisco.

Donna Eleonora - Ma donde può avere avuto questo denaro?

Pasquino - Ve lo dirò io, ma zitto che nessuno lo sappia. (Bisogna inventare qualche cosa). (*da sé*)

Donna Eleonora - E bene, come l'ha avuto?

Colombina - Uh, che curiosità!

Pasquino - L'ha vinto al giuoco.

Donna Eleonora - Come! giuoca mio marito?

Colombina - Signora sì, giuoca; si diverte ed ha guadagnato.

Donna Eleonora - E a che giuoco ha giuocato?

Pasquino - Aspetti, ora me ne ricordo. Ha giuocato a un certo giuoco grande, che finisce in one... credo che si dica...

Colombina - Faraone?

Pasquino - Oh giusto, a faraone.

Donna Eleonora - E con chi ha giuocato?

Pasquino - (Oh bella!) (*da sé*) Col medico che lo visitava.

Donna Eleonora - Col medico?

Colombina - Sì signora, col medico. Per tenerlo sollevato, averà giuocato con lui.

Donna Eleonora - Queste sono scioccherie. Io dubito che qualche cosa vi sia sotto.

Pasquino - Qui non vi è niente, né sotto, né sopra; questi sono cinquanta scudi che vi manda il padrone; se li volete, teneteli; se no, glieli porto indietro.

Colombina - Oh diamine! Che cosa mai vorreste che dicesse vostro marito, se gli riportasse indietro i cinquanta scudi? Direbbe che non avete bisogno di lui e farebbe qualche cattivo giudizio.

Donna Eleonora - Non so che dire; li prenderò come una provvidenza del cielo, ringraziando l'amore di mio marito, da cui voglio credere mi sieno mandati.

Colombina - Oh, è così senz'altro.

Pasquino - L'è così, sulla mia riputazione.

Donna Eleonora - Ringrazio anche te, Pasquino. Sarai stanco, vattene a riposare.

Pasquino - Non sono stanco, ma ho un altro incomodetto.

Donna Eleonora - E che cosa hai?

Pasquino - Ho fame.

Donna Eleonora - Colombina, conducilo in cucina, e per ora dagli quel poco che vi è.

Pasquino - Prego il cielo che suo marito possa guadagnare un'altra borsa a quel medico che ha perso questa. (*caccia fuori il fazzoletto per soffiarsi il naso, e dal fazzoletto cade una lettera*)

Donna Eleonora - Che cosa ti è caduto?

Pasquino - Oh diavolo! (*s'accorge della lettera che era dentro nel fazzoletto*)

Donna Eleonora - Che foglio è quello?

Pasquino - Eh niente... (Se legge questa lettera, ho paura di qualche imbroglio). (*da sé*)

Donna Eleonora - Voglio vederlo.

Pasquino - Eh no, signora. È una lettera mia...

Donna Eleonora - Dammela, voglio vederla.

Pasquino - In verità, non occorre...

Donna Eleonora - Colombina, levagli quella lettera.

Colombina - Da' qui.

Pasquino - Via, è una lettera del padrone.

Colombina - Vogliamo vedere. (*gli leva la lettera*) Eccola. (*la dà alla padrona*)

Donna Eleonora - Mi pareva impossibile che don Roberto non mi avesse scritto. Questo è il suo carattere. Oimè, il cuore mi balza in petto. (*apre la lettera*)

Pasquino - (Ora si scuopre tutto, è meglio ch'io me ne vada). (*da sé*) Signora padrona, vado via.

Colombina - Aspetta; voglio anch'io sentir questa lettera.

Pasquino - (Vo' vedere se mi riesce buscare quest'altro scudo; e me ne torno a Benevento, prima che da questo nuvolo precipiti la tempesta). (*parte, vedendo non essere osservato*)

Donna Eleonora - Senti cosa mi scrive mio marito. (*a Colombina*) «Consorte amatissima»

Colombina - Egli poi vi ha sempre voluto bene.

Donna Eleonora - Oimè!... «La febbre tuttor mi tormenta.»

Colombina - Ha la febbre?

Donna Eleonora - Lo senti? Pasquino non ha detto il vero. Presto, va per Pasquino e fallo venir qui.

Colombina - Vado subito; ma avvertite, non gli deste indietro i cinquanta scudi. (*parte*)

Donna Eleonora - «Oggi è il sesto giorno ch'io peno coricato nel letto. Sono senza amici, senza assistenza e senza denaro per comprarmi un pollo da fare il brodo. Spedisco il servo, sperando che la vostra pietà non mi lascerà senza qualche soccorso, se non altro colla vendita di qualche cosa men necessaria al vostro bisogno. Non parlo d'interessi, perché a questi ora non penso. Desidero notizie della vostra salute, e sono». Oh me infelice! Che sento! Pasquino: perché ingannarmi col farmi credere in buona salute il povero mio consorte? Ah! qui vi è qualche inganno; il cuore me lo presagiva. Da chi mai può essermi questo denaro somministrato? Oimè, Pasquino non torna. Basta, la maniera con cui lo ricevo, a niente mi obbliga, e lo riterrò francamente come una provvidenza del cielo. Colombina. (*chiama*)

SCENA V

COLOMBINA, BALESTRA e detta.

Donna Eleonora - Pasquino dov'è?

Colombina - Pasquino, signora, non so per qual cagione è fuggito. Quella lettera l'ha sconcertato. Ma state allegramente. Questo galantuomo vi reca buone nuove del signor don Roberto.

Balestra - Sì signora, vengo per parte del mio padrone a riverirla e ad assicurarla che il signor don Roberto sta meglio assai di salute.

Donna Eleonora - Il vostro padrone chi è?

Balestra - Il signor don Flaminio del Zero.

Donna Eleonora - Come ha egli notizia dello stato di mio consorte?

Balestra - È giunto poche ore sono da Benevento per le poste. Ha veduto colà il degnissimo di lei consorte, il quale lo ha incaricato di recare a lei questa buona nuova.

Donna Eleonora - E mio marito non mi ha scritto una lettera?

Balestra - Non ha avuto tempo di farlo, perché il mio padrone non ha potuto trattenersi. Gli ha però dette molte cose in voce, che a me non ha voluto confidare, e se V. S. illustrissima si contenta, verrà in persona a renderla intesa d'ogni particolarità.

Donna Eleonora - Venga pure, mi farà finezza.

Balestra - (A buon conto io farò che s'introduca e le parli, toccherà a lui a procurarsi il resto). (*da sé*) Le fo umilissima riverenza.

Donna Eleonora - Addio, galantuomo. Ingannata da Pasquino, temo di tutti; non so a chi credere.

Colombina - E si picchia. (*si sente picchiare*)

Donna Eleonora - Va a vedere.

Colombina - (*parte*)

SCENA VI

DONNA ELEONORA, poi COLOMBINA, poi il DOTTORE BUONATESTA.

Donna Eleonora - Ah! questa borsa, questo denaro non cessa di agitarmi. Mille pensieri mi s'aggirano in mente; e quell'indegno è fuggito.

Colombina - Allegri, signora padrona.

Dottore Buonatesta - Allegramente, signora donna Eleonora.

34

Donna Eleonora - È data la sentenza?

Dottore Buonatesta - È data: vittoria, vittoria.

Donna Eleonora - Siete un grand'uomo; ma ditemi il tenore della sentenza. Quale sarà il mio assegnamento? Quando principierò a respirare? Quando anderò al possesso di qualche cosa?

Dottore Buonatesta - Adagio, una cosa alla volta.

Colombina - Signora sì, una cosa alla volta; sapete pure che i procuratori fanno le cose una alla volta, per andare più in lungo.

Dottore Buonatesta - Come dicevo, la sentenza è data (nel gomito). (*da sé*)

Colombina - Benissimo, abbiamo capito.

Donna Eleonora - Lascialo dire.

Dottore Buonatesta - Ella averà un assegnamento di uno scudo il giorno (scarso). (*da sé*)

Colombina - È poco.

Donna Eleonora - No, no, mi contento.

Dottore Buonatesta - Anderà al possesso della possession feudale (negli spazi immaginari). (*da sé*)

Donna Eleonora - Avete avuto la copia della sentenza?

Dottore Buonatesta - Dirò, vi è una piccola difficoltà, che per altro si risolverà facilmente.

Colombina - Oimè!

Dottore Buonatesta - Sappia che l'avvocato fiscale si è protestato volersi appellare al magistrato supremo.

Donna Eleonora - Ma poi non farà nulla.

Dottore Buonatesta - Anzi ha segnata subito l'appellazione.

Colombina - Non l'ho io detto? Schiavo, signori trenta scudi il mese.

Donna Eleonora - Dunque siamo da capo.

Dottore Buonatesta - Senta ed ammiri la prontezza d'ingegno del dottor Buonatesta. Ho conosciuto che il fine dell'avvocato fiscale non era già per impedire l'effetto della sentenza, perché a lui finalmente non entra utile in tasca, ma lo faceva... basta... m'intendo io.

Colombina - Fra voi altri vi conoscete.

Dottore Buonatesta - Onde cosa ho fatto? L'ho tirato in un gabinetto, gli ho parlato all'orecchio, e gli ho promesso venti scudi, se depennava l'appellazione, e mi ha promesso di farlo. Ah, che ne dice? Son uomo io? Ho fatto le cose a modo?

Donna Eleonora - Da par vostro; ottimamente.

Colombina - Non mi pare che la cosa sia ancor finita.

Donna Eleonora - Sì, è finita. Ditegli pure che dei primi denari entreranno del mio assegnamento, egli averà venti scudi.

Dottore Buonatesta - Signora mia, così non faremo nulla. L'amico non vuole aspettare; o subito, o niente.

Donna Eleonora - Ma dove ho io da ritrovare venti scudi? Voi sapete che non ne ho.

Colombina - Non ve l'ho detto io che ci restava qualche cosetta di buono?

Dottore Buonatesta - Qui bisogna fare assolutamente uno sforzo. Si tratta di tutto.

Donna Eleonora - (Colombina, che ne dici?). (*piano a Colombina*)

Colombina - (Se ci potessimo fidare che dicesse la verità!). (*piano a Eleonora*)

Donna Eleonora - (O diamine! Vuoi tu che mi venga ad ingannare?).

Colombina - (Ma io ci credo poco, vedete).

Dottore Buonatesta - (Mi pare ch'ella si vada disponendo. Eh, non è già miserabile come si finge. L'ho bene indovinata io. Ella non mi voleva pagare col pretesto della povertà, ed io mi pagherò con l'invenzione di una immaginaria sentenza). (*da sé*)

Donna Eleonora - Orsù, signor Dottore, ho risoluto di fare anche questa. Io tengo in questa borsa un poco di denaro, mandatomi dalla provvidenza del cielo; vedete in quanta necessità mi ritrovo, e pur me ne privo, fidandomi della vostra onestà.

Colombina - (Mi vengono i sudori freddi a pensarci). (*da sé*)

Dottore Buonatesta - La non ci pensi, si lasci servire.

Donna Eleonora - Tenete, questi sono venti scudi. (*li leva dalla borsa e glieli dà*)

Dottore Buonatesta - Non so se possa... occorrere altro... (*guardando la borsa*)

Colombina - Eh, il diavolo che vi porti, vogliamo mangiare ancor noi.

Dottore Buonatesta - Via, via. Vado subito a fare il negozio. (Bisogna pelare la quaglia senza farla gridare). (*parte*)

Donna Eleonora - Manco male; la sentenza è data. Per liberarsi dalla vessazione dell'appellazione, sono bene spesi i venti scudi.

Colombina - Voglia il cielo che sia così. (*si sente picchiare*) E viva; gran porta è questa! È meglio lasciarla aperta. (*parte*)

SCENA VII

DONNA ELEONORA, poi COLOMBINA, poi DON RODRIGO.

Donna Eleonora - La maniera di battere sembra di don Rodrigo.

Colombina - Ah, ah, ci siamo noi! (*viene*)

Donna Eleonora - Che vuoi tu dire?

Colombina - Oh come siete venuta rossa! Eccolo il signor don Rodrigo.

Don Rodrigo - Vostro umilissimo servitore.

Donna Eleonora - Serva obbligatissima, don Rodrigo; da sedere. (*a Colombina*)

Colombina - La servo. (*porta le sedie*)

Don Rodrigo - Ho veramente anticipato il tempo che avevo prefisso d'incomodarvi.

Donna Eleonora - Mi avete anticipate le grazie.

Don Rodrigo - L'ho fatto per rendervi più sollecitamente intesa aver io eseguiti i vostri comandi colla presentazione del memoriale.

Donna Eleonora - Troppa bontà, don Rodrigo.

Colombina - (Ecco una di quelle occhiate che dico io: sarà meglio che me ne vada). (*da sé*) Signora, se non mi comanda, vado in cucina. (*parte*)

Donna Eleonora - Va pure. Ebbene, don Rodrigo, che ha detto il signor Segretario?

Don Rodrigo - Mi assicurò della sua protezione per voi.

Donna Eleonora - Spererei per altro che uopo non fosse d'incomodarlo, poiché il mio Dottore mi ha portata la nuova della vittoria ottenuta.

Don Rodrigo - Dunque la causa è vinta?

Donna Eleonora - Così egli mi disse; ma siccome il fiscale voleva appellarsene, è stato necessario il sacrificio di venti scudi per impedirne il progresso.

Don Rodrigo - Venti scudi, nello stato in cui vi ritrovate, è una somma considerabile.

Donna Eleonora - Il cielo mi ha provveduto.

Don Rodrigo - Signora, me ne rallegro di cuore. Deh, benché io non meriti da voi finezze, ardisco pregarvi farmene la confidenza.

Donna Eleonora - Signore, ve lo dirò, giacché purtroppo la mia serva so avervi confidate le mie soverchie indigenze. Il soccorso mi venne donde meno me l'aspettava.

Don Rodrigo - Forse dalle mani di vostro consorte?

Donna Eleonora - No, che anzi egli ritrovasi in una luttuosa miseria.

Don Rodrigo - (Come andò la faccenda?) (*da sé*) Dunque da chi vi venne il soccorso?

Donna Eleonora - Dalle mani di un servo.

Don Rodrigo - Dal vostro Pasquino?

Donna Eleonora - Per l'appunto.

Don Rodrigo - Ed egli non l'ebbe dal vostro sposo?

Donna Eleonora - (Che interrogazione caricata!) (*da sé*) No certamente; vi dico che don Roberto è in peggiore stato del mio.

Don Rodrigo - Ma da chi l'ebbe?... Ditemi in grazia; in che somma era il denaro?

Donna Eleonora - Erano cinquanta scudi.

Don Rodrigo - E da chi ebbe il servo questi cinquanta scudi?

Donna Eleonora - Mi disse che a lui li aveva consegnati mio marito per recarli a me.

Don Rodrigo - E voi non glielo avete creduto?

Donna Eleonora - No, perché aveva una lettera che diceva tutto il contrario.

Don Rodrigo - Ah! aveva anche una lettera dunque Pasquino?

Donna Eleonora - (Come si va riscaldando in questo discorso). (*da sé*) Certo aveva una lettera, in cui dicevami don Roberto essere oppresso dalla febbre e circondato dalle miserie.

Don Rodrigo - (Poter del mondo, colui mi ha ingannato!). (*da sé*)

Donna Eleonora - (Cresce il suo turbamento). (*da sé*)

Don Rodrigo - Ma veramente, vi ha detto il servo da chi abbia ricevuto egli il denaro?

Donna Eleonora - Non me l'ha detto. Scoperta ch'io ebbi la lettera, fuggì immediatamente per non essere da me obbligato a palesare la verità.

Don Rodrigo - Questa veramente può dirsi una provvidenza del cielo.

Donna Eleonora - Sì, se io non la credessi tuttavia un'industriosa invenzione di qualche cuor liberale.

Don Rodrigo - E vi sarà chi abbia cuor di donare, senza la vanità di dichiararsi autore del dono?

Donna Eleonora - Sì, don Rodrigo, questo cuore pietoso, questo cuore magnanimo vi è senz'altro; ne dubitai fino ad ora, ma oramai ne son certa.

Don Rodrigo - Chi è questi? Poss'io saperlo?

Donna Eleonora - Voi lo siete, o cavaliere, il più degno di sì bel titolo.

Don Rodrigo - Io, signora?

Donna Eleonora - Sì, voi; è vano che a me vi nascondiate. Dopo che io ho ricusato per onestà l'esibizioni cortesi che fatte mi avete, dubitai che da voi mi venisse l'industrioso sovvenimento. Ora dagli effetti che in voi hanno fatto le stravaganze di un racconto giuntovi affatto nuovo, mi assicurai d'una verità che mi reca in un tempo stupore, obbligazione e rossore.

Don Rodrigo - Siete assolutamente in errore. Io non ho il merito di avervi soccorsa. Io non mi son preso l'ardire di farlo, da che lo avete in presenza mia ricusato. Non l'ho fatto, vi dico, non l'ho fatto; e quando fatto l'avessi, una minima parte di quel rossore che accennate di concepire per un tal dono, distruggerebbe tutto il merito del donatore.

Donna Eleonora - Oimè!... Colombina. (*chiama*)

Don Rodrigo - Vi occorre nulla? Poss'io servirvi?

Donna Eleonora - Ho il cuore oppresso. Colombina.

Colombina - Illustrissima. (*viene*)

Donna Eleonora - Dammi lo spirito di melissa.

Colombina - La servo. (Oh, oh, davvero che don Rodrigo le ha fatto muovere i vermi). (*va a prendere la boccetta*)

Don Rodrigo - Se comandate, vi servirò io. (*le dà la sua boccetta*)

Donna Eleonora - Accetto le vostre grazie. (*la prende*)

Colombina - Eccola. (*viene*)

Donna Eleonora - Va via, non occorre altro.

Colombina - (Ho inteso, l'asta d'Achille ferisce e risana). (*parte*)

Donna Eleonora - Compatitemi, don Rodrigo; lo stato infelice del povero mio consorte mi opprime lo spirito.

Don Rodrigo - È sempre lodabile quella dama che ha dell'amore pel suo sposo.

Donna Eleonora - Voi non siete di quelli che insinuano alle mogli odiare i propri mariti.

Don Rodrigo - Guardimi il cielo. Non credo possa darsi al mondo azione più vile ed indegna, quanto quella di disunire gli animi di due congiunti. Pur troppo fra il marito e la moglie vi sono de' frequenti motivi di dissensioni e discordie, e se qualche maligno spirito e torbido li fomenta, diventano in poco tempo i più crudeli nemici. Come? Non è lecito rubare una borsa, un orologio, e sarà lecito rubare la pace, insidiare la moglie altrui? S'io fossi col nodo maritale già stretto, non soffrirei un simile attentato da chi che sia, e riputerei per indegno e mal cavaliere chiunque aspirasse a rapirmi una minima parte del cuore della mia sposa.

Donna Eleonora - Sareste voi un marito geloso?

Don Rodrigo - No, donna Eleonora. Amerei di buon cuore la società, né impedirei all'onesta moglie che si lasciasse opportunamente servire. Servitù semplice non è riprensibile. Io ho l'onore di servirvi da qualche tempo. Voi siete una bella dama, siete giovane, siete adorabile, io son libero, son uomo, sono conoscitore del vostro merito. E che per questo? Potete voi imputarmi di poco onesto? Può il vostro marito dolersi della mia amicizia? Niuno meglio di voi può dirlo, e ve lo chiedo in un tempo che niente può stimolarvi a celare la verità.

Donna Eleonora - Sì, don Rodrigo, la vostra onestà, la vostra cavalleria non può arrivare più oltre. Ella però non avrebbe un gran merito, quando avesse per me dell'indifferenza.

Don Rodrigo - Senza offendere l'onestà della dama, può anche soffrire qualche inclinazione per essa il cavaliere più saggio. Basta che non permetta egli mai che giungano i fantasmi d'amore a intorbidare la purezza delle sue intenzioni.

Donna Eleonora - E chi può compromettersi di una sì bella virtù?

Don Rodrigo - Ognuno che non ha per costume l'essere dissoluto. Non nego che possano talvolta sorprendere un cuore il più illibato, il più onesto, pensieri scorretti e pericolosi, ma con una politica distrazione si troncano, dandosi a far qualche cosa, chiamando un servo...

Donna Eleonora - Colombina. (*chiama*)

Colombina - Illustrissima. (*viene*)

Donna Eleonora - Termina quella scuffia.

Don Rodrigo - (Ho inteso, donna Eleonora ha bisogno della distrazione). (*da sé*) Signora, è tempo che io vi levi il disturbo. (*s'alzano*)

Donna Eleonora - Perché sì presto? Ho chiamato la serva, perché mi preme la scuffia.

Don Rodrigo - Un affare di qualche rimarco mi chiama altrove.

Donna Eleonora - Non so che dire, siete padrone. (Resisti, o mio cuore). (*da sé*)

Don Rodrigo - (Trionfa, o mia virtù). (*da sé*) (*si guardano con passione*)

Colombina - (Ecco le solite occhiate patetiche). (*da sé*)

Don Rodrigo - Donna Eleonora, son vostro servo.

Donna Eleonora - Addio, don Rodrigo. (*don Rodrigo mira donna Eleonora, fa riverenza e parte*)

Colombina - Bellissimi quei muti complimenti, vagliono cento volte più delle vostre parole. (*parte*)

Donna Eleonora - Ahimè! Crescono fieramente i turbamenti del mio cuore. No, no, don Rodrigo non giunga mai a scoprire l'interna guerra cagionata dal di lui merito nel mio seno. Mi servano di regola e di sistema le belle massime da lui proposte per la più onesta e virtuosa conversazione. Benché per altro è molto diverso il meditare dall'eseguire; e molte belle e prudenti cose per facili altrui si vanno insinuando, le quali poi dure e difficilissime riescono non solo a chi le apprende, ma a chi le insegna. (*parte*)

SCENA VIII

Strada.

DON FLAMINIO e BALESTRA.

Don Flaminio - Ma che vuoi tu ch'io dica di don Roberto? Che so io come stia? Se sia vivo o se sia crepato?

Balestra - Questo le ha da servire per introduzione. Si ricordi quello che le ho detto. Da Pasquino ho rilevato quanto basta, e l'ho informata di tutte le circostanze che possono autenticare l'invenzione. Vada francamente a visitarla, e quando è là, s'ingegni. Si ricordi che in amore vi vuole audacia. (*parte*)

SCENA IX

DON FLAMINIO e poi ANSELMO.

Don Flaminio - Sì, cercherò il fortunato momento in cui presentare mi possa a donna Eleonora.

Anselmo - (Ecco qui quella buona pezza del signor don Flaminio). (*da sé*)

Don Flaminio - Oh signor Anselmo, di voi appunto andavo in traccia.

Anselmo - Ed io andavo in traccia di lei.

Don Flaminio - Avrei bisogno di una partita di cere.

Anselmo - Ed io avrei necessità che mi saldasse il conto vecchio.

Don Flaminio - Alla raccolta lo salderemo.

Anselmo - Sono oramai tre anni che V. S. mi va dicendo così; sono passate tre raccolte, e per me la gragnuola le ha sempre portate via.

Don Flaminio - Fate una cosa, andate dal mio fattore e fatevi assegnare tanto grano.

Anselmo - Benissimo, vado a ritrovarlo, che mi pare sia ora.

Don Flaminio - Ma... aspettate; il grano di quest'anno è disposto, fatevelo assegnare per l'anno venturo.

Anselmo - Vuole ch'io gliela dica? Vedo che V. S. mi corbella; ho bisogno del mio, e sarà mio pensiere farmi pagare.

Don Flaminio - Come! mi mandereste voi una citazione?

Anselmo - Sì signore.

Don Flaminio - Credo che non avrete tanto ardire.

Anselmo - Oh, lo vedrà.

SCENA X

COLOMBINA con un viglietto, e detti.

Colombina - (Oh, eccolo il signor Anselmo). (*da sé*)

Don Flaminio - Quella giovane, non siete voi di casa di donna Eleonora?

Colombina - Sì signore. (*camminando verso Anselmo*)

Don Flaminio - È ella in casa?

Colombina - Sì signore. (*come sopra*)

Don Flaminio - Posso essere a riverirla?

Colombina - Signor Anselmo, la mia padrona vi riverisce e mi manda da voi con questo viglietto. Fortuna che vi ho ritrovato vicino, che mi avete risparmiata la strada.

Don Flaminio - Signor Anselmo, mi rallegro con voi. Viglietti di dame?

Anselmo - Con sua licenza, mi permetta ch'io legga. (*si scosta per leggere*)

Don Flaminio - Leggete pure, non v'impedisco. (*accostandosi con curiosità*)

Anselmo - Ma, signore, compatisca. Non voglio ch'ella veda i fatti miei.

Don Flaminio - Sarà qualche gran segreto.

Anselmo - O segreto, o non segreto, la civiltà insegna a non guardare i fatti de' galantuomini.

Don Flaminio - Un mercante vorrà insegnare le creanze ad un cavaliere?

Anselmo - Or ora le risponderò. (*si ritira in disparte, e legge piano*)

Don Flaminio - E così, come vi dicevo, quella giovane, stassera verrò a riverire la vostra padrona.

Colombina - Ma chi è in grazia V. S.?

Don Flaminio - Sono don Flaminio del Zero, quegli che deve favellare a donna Eleonora per ordine di suo marito.

Colombina - Ho capito: ella è il padrone di Balestra. Venga, venga, che è aspettato con ansietà.

Anselmo - Ho inteso tutto. Dite alla vostra padrona che sarà servita. (*a Colombina*)

Colombina - Sì, signore, ma presto, perché l'ora s'avanza.

Anselmo - Vado subito al negozio e mando uno de' miei garzoni.

Colombina - La riverisco, signor Anselmo; serva, signor don Flaminio. (*parte*)

SCENA XI

DON FLAMINIO ed ANSELMO.

Anselmo - Ora sono da lei, signor mio garbato. Le pare stravaganza che un mercante abbia ad insegnare le creanze a lei, ch'è nato nobile?

Don Flaminio - Certamente; e mi pare anche una temerità il dirlo.

Anselmo - Le dirò, i cavalieri onesti e propri, che conoscono il loro grado e san trattare da quei che son nati, non hanno bisogno di apprendere a trattare civilmente da chi che sia; ma i cavalieri di nome, e che si abusano unicamente del titolo, non son degni di stare a fronte d'un mercante onorato, come son io.

Don Flaminio - Olà, temerario che siete. Vi farò pentire di tanta audacia. Io sono cavaliere e voi siete un vile mercante, un uomo plebeo.

Anselmo - Un vil mercante, un uomo plebeo? Se ella sapesse cosa vuol dir mercante, non parlerebbe così. La mercatura è una professione industriosa, che è sempre stata ed è anco al dì d'oggi esercitata da cavalieri di rango molto più di lei. La mercatura è utile al mondo, necessaria al commercio delle nazioni, e a chi l'esercita onoratamente, come fo io, non si dice uomo plebeo; ma più plebeo è quegli che per avere ereditato un titolo e poche terre, consuma i giorni nell'ozio e crede che gli sia lecito di calpestare tutti e di viver di prepotenza. L'uomo vile è quello che non sa conoscere i suoi doveri, e che volendo a forza d'ingiustizie incensata la sua superbia, fa altrui conoscere che è nato nobile per accidente, e meritava di nascer plebeo.

Don Flaminio - Così parlate, e non temete di provocarmi?

Anselmo - Parlo così, perché V.S. ha provocato me. Parlo schietto, da uomo franco, senza suggezione, perché non ho da dar niente a nessuno. Io non ho timore delle sue bravate, perché gli uomini onorati della mia sorta si sanno far portar rispetto. Padron mio, la riverisco. (*parte*)

Don Flaminio - Vecchio prosontuoso insolente! Due staia di quel grano che tu hai ricusato, bastano per pagare coloro che ti fiaccheranno le spalle. (*parte*)

SCENA XII

Camera di donna Eleonora.

DONNA ELEONORA e COLOMBINA.

Donna Eleonora - Ha detto che manderà?

Colombina - Così ha detto.

Donna Eleonora - L'ora s'avanza e non vedo nessuno. Gli hai detto per oggi?

Colombina - Gliel'ho detto io, e gliel'averà detto il vostro viglietto.

Donna Eleonora - Non so per qual ragione sia venuto in capo a donna Claudia e donna Virginia di volermi fare una visita. Le conosco; ci sarà il suo mistero.

Colombina - È stato picchiato.

Donna Eleonora - Va a vedere chi è.

Colombina - Subito. (*parte*)

Donna Eleonora - Il signor Anselmo è tanto gentile e cortese, che mi dovrebbe aver favorito, tanto più ch'io non l'ho mandato a pregare perché mi doni, ma solamente aspetti qualche giorno il denaro.

SCENA XIII

COLOMBINA e TOFFOLO con un bacile, sopra del quale due mazzi di candele, sei pani di zucchero, un vaso di tè, un cartoccio di caffè e quattro candelieri d'argento; e detta.

Colombina - Oh, è molto garbato il signor Anselmo! Guardi, signora padrona, guardi.

Donna Eleonora - Che ha egli fatto? Gli hai tu dato il mio viglietto?

Colombina - Gliel'ho dato in coscienza mia.

Donna Eleonora - Io l'ho pregato che mi mandasse mezza libbra di caffè, una libbra di zucchero, ed un poco di tè; ed egli perché mi manda tutta questa gran roba?

Toffolo - Il signor Anselmo la riverisce, e dice che perdoni la confidenza. Le manda questo mazzo di candele, questo cartoccio di caffè d'Alessandria vero, un vaso di tè e questi sei pani di zucchero, acciò se ne serva e goda il tutto per amor suo.

Colombina - Così ancora i candelieri e la guantiera?

44

Toffolo - E i candelieri e la guantiera glieli manda, acciò se ne serva alla conversazione, e con suo comodo glieli renderà.

Donna Eleonora - Ringraziatelo intanto per parte mia, che poi in voce farò le mie parti.

Toffolo - Quella giovane, prendete. (*a Colombina*)

Colombina - Bene, bene, date qui. (*pone il bacile sul tavolino*)

Donna Eleonora - Sono molto tenuta alle finezze del signor Anselmo.

Toffolo - Servitor umilissimo. (*parte*)

Donna Eleonora - Presto, accomoda le candele sui candelieri.

Colombina - Eccomi lesta come un gatto. Picchiano. (*Colombina accomoda le candele nei candelieri*)

Donna Eleonora - Sbrigati.

Colombina - Ora, che aspettino.

Donna Eleonora - Non senti? Tornano a picchiare.

Colombina - Venga la rabbia a chi picchia. Vi anderò, quando averò finito.

Donna Eleonora - Sei pur melensa.

Colombina - Ogni cosa vuole il suo tempo. Ecco ch'io vado.

Donna Eleonora - Venisse almeno alla conversazione anco don Rodrigo; forse non verrà per non esser criticato. Ma no, sarebbe meglio ch'egli venisse. Tutti sanno ch'egli mi favorisce, e schivando di venire in conversazione, parrebbe ch'egli volesse occultar le sue visite.

SCENA XIV

DON FLAMINIO, COLOMBINA e detta.

Colombina - Illustrissima, il signor cavaliere del Zero.

Don Flaminio - A voi m'inchino, signora.

Donna Eleonora - Son vostra serva.

Don Flaminio - Finalmente la sorte mi ha concesso il sospirato onore di riverirvi.

Donna Eleonora - Fortuna invero da me non meritata. Favorite d'accomodarvi. (*siedono, Colombina parte*)

Don Flaminio - Voi siete più che mai vezzosa e brillante. Le vostre disavventure e quelle di vostro marito non vi hanno punto scemato il rubicondo del vostro volto.

Donna Eleonora - (Mi pare un poco troppo ardito con una dama, cui non ha più avuto l'occasion di trattare). (*da sé*)

Don Flaminio - Questo sarà un effetto della vostra virtù, che vi rende insensibile ai colpi della fortuna.

Donna Eleonora - Signor cavaliere, vi supplico a dirmi tutto quello che vi ha pregato comunicarmi mio marito, che è l'unico motivo per cui vi siete preso l'incomodo di favorirmi.

Don Flaminio - No, mia signora, non è solamente per questo ch'io son venuto ad importunarvi, ma vi si aggiunge il vivissimo desiderio d'assicurarvi ch'io vi stimo, vi venero e sospiro l'onore di potervi servire.

Donna Eleonora - Signore, io non mi aspettavo da voi un simile complimento. Favorite di grazia, come sta don Roberto?

Don Flaminio - Egli sta bene di salute, ed in suo nome molte cose avrei da rappresentarvi; ma la confusione in cui mi trovo, mi tronca il filo del divisato ragionamento.

Donna Eleonora - Se altro non vi sovviene, è inutile che perdiate qui il vostro tempo.

Don Flaminio - A poco a poco me n'andrò sovvenendo. Ecco una delle cose dall'amico a me confidate. La sua cara sposa, la sua diletta compagna, la pupilla degli occhi suoi, a me l'ha egli raccomandata. Mi ha incaricato d'assistervi, di soccorrervi, di non allontanarmi da voi.

Donna Eleonora - Mi sembra strano che don Roberto mi voglia appoggiare all'assistenza d'uno che non ho mai conosciuto, e che non ho mai veduto frequentar la mia casa.

Don Flaminio - Intendo: vi sarebbe più grato che tale incombenza l'avesse appoggiata a don Rodrigo, non è egli vero?

Donna Eleonora - Don Flaminio, voi mi offendete.

Don Flaminio - Perdonate uno scherzo. Sappiate ch'egli sarà quanto prima in Napoli.

Donna Eleonora - In Napoli? Come?

Don Flaminio - Mediante la mia assistenza.

Donna Eleonora - Sarà revocato il suo bando?

Don Flaminio - Sarà revocato, averà i suoi beni. Il mio nome può molto presso la Corte, e non vi è grazia chiesta da don Flaminio, che non sia velocemente ottenuta.

Donna Eleonora - Se è così, don Roberto averà a voi tutta l'obbligazione.

Don Flaminio - E donna Eleonora non mi sarà punto grata?

Donna Eleonora - Benedirò il vostro animo generoso.

Don Flaminio - Mi guarderete voi di buon occhio? (*con tenerezza*)

Colombina - Oh, signora padrona. Le dame arrivano in questo punto colla carrozza.

Donna Eleonora - Va tu a riceverle. Di' loro che perdonino, ch'io non ho servitore.

Colombina - Eh non temete, non mancheranno loro braccieri. (*parte*)

Don Flaminio - Quante cose ho ancora da dirvi intorno alla venuta di don Roberto! (È necessario condurre la cosa in buona maniera). (*da sé*)

Donna Eleonora - Ma voi mi tenete in una crudelissima pena.

Don Flaminio - E voi potete contribuir molto al di lui ritorno.

Donna Eleonora - Se non mi dite tutto, non so che fare.

Don Flaminio - Ne riparleremo. (Balestra mi ha posto in un grande impegno). (*da sé*)

SCENA XV

DONNA CLAUDIA servita da DON ALONSO, DONNA VIRGINIA servita da

DON FILIBERTO, COLOMBINA accomoda le sedie, e parte.

DONNA ELEONORA va ad incontrare le Dame che arrivano.

Donna Virginia - Serva, donna Eleonora.

Donna Eleonora - Serva, donna Virginia. (*si baciano*)

Donna Claudia - Serva, donna Eleonora.

Donna Eleonora - Serva, donna Claudia. (*si baciano*)

Don Alonso - M'inchino a donna Eleonora.

Donna Eleonora - Serva, don Alonso.

Don Filiberto - Anch'io ho l'onore di rassegnarvi l'umilissima servitù mia.

Donna Eleonora - Serva divota. Chi è questo signore? (*a donna Virginia*)

Donna Virginia - Un cavaliere siciliano.

Don Filiberto - Vostro umilissimo servitore.

Donna Eleonora - Mi fa troppo onore.

Donna Virginia - Don Flaminio, mi rallegro con voi. (*accennando donna Eleonora*)

Don Flaminio - Ed io con voi. (*accennando don Filiberto*)

Donna Virginia - Come va l'affare dell'orologio? (*a don Flaminio*)

Don Flaminio - Benissimo; l'ho mezzo guadagnato.

Donna Claudia - Che ne dite, signor protettore? (*a don Alonso*)

Don Alonso - Quando lo vedrò, lo crederò.

Donna Eleonora - Vi supplico accomodarvi.

Don Flaminio - Farò io gli onori della casa. Qua donna Virginia, e qua il signor cavaliere. Qua la mia signora, e qua don Alonso. Qua la padrona di casa, e qua io.

Donna Virginia - (Guardate come vostro marito ha preso possesso in casa). (*piano a donna Claudia*)

Donna Claudia - (È un diavolo quel mio marito. E poi sarà amicizia vecchia). (*a donna Virginia*)

Don Alonso - (Che uomo ardito è quel don Flaminio!). (*da sé*)

Donna Eleonora - Care amiche, vi sono molto tenuta per l'onore che mi avete fatto della vostra cortese visita. Mi rincresce che, nello stato in cui sono, non possa accogliervi come meritate; ma spero che tanto voi, quanto questi signori, compatiranno le mie disgrazie.

Don Alonso - Noi siamo venuti per riverirvi, non per recarvi incomodo.

Don Flaminio - (Donna Eleonora, ora mi è sovvenuto un particolare toccante vostro marito). (*piano a donna Eleonora*)

Donna Eleonora - Non conviene parlar piano in conversazione.

Don Flaminio - (In due parole vi sbrigo).

Donna Eleonora - Di grazia, compatite; è una cosa che preme. (*alla conversazione*)

Donna Virginia - Accomodatevi. (*don Flaminio parla all'orecchio a donna Eleonora*)

Donna Claudia - (Don Alonso, preparate l'orologio). (*piano a don Alonso*)

Don Alonso - (Non sono ancora convinto). (*piano a donna Claudia*)

Donna Claudia - (Che ne dite? Si porta bene la dama virtuosa?). (*piano a donna Virginia*)

Donna Virginia - (A maraviglia). (*a donna Claudia*)

Don Flaminio - (Credetemi...). (*a donna Eleonora*)

Donna Eleonora (Se sarà, lo vedremo). Ora sono da voi. Che abbiamo di nuovo, signori miei? Se non vi fate la ricreazione fra di voi, non aspettate dal mio scarso spirito materia bastante per divertirvi.

Donna Virginia - (Che vi pare di quella scuffia?) (*a donna Claudia*)

Donna Claudia - (Malissimo fatta). (*a donna Virginia*)

Donna Virginia - (E sì ha pretensione di essere di buon gusto).

Donna Claudia - (E quell'acconciatura si può far peggio?).

Donna Virginia - Ditemi, donna Eleonora, chi vi ha fatto quella bella scuffia?

Donna Eleonora - La mia cameriera.

Donna Virginia - Sta bene, bene, che non può star meglio. È una moda che mi piace infinitamente.

Donna Claudia - E il capo chi ve l'ha assettato?

Donna Eleonora - La stessa mia cameriera.

Donna Claudia - In verità, parete assettata dal primo parrucchiere di Napoli.

Donna Eleonora - Credetemi che in ciò non vi metto studio.

Don Flaminio - Donna Eleonora sta bene in ogni maniera, privilegio delle donne belle. (Sentite un'altra cosa toccante vostro marito). (*piano a donna Eleonora*)

Donna Eleonora - (Ora non è tempo). (*piano a don Flaminio*)

Don Flaminio - (Se me la scordo, non la dico più).

Donna Eleonora - (Via, fate presto). Compatite. (*alla conversazione, e don Flaminio le parla all'orecchio*)

Donna Virginia - (Sono attaccati davvero). (*a donna Claudia*)

Donna Claudia - (Sa il cielo quanti ne ha di questi cicisbei). (*a donna Virginia*)

Don Filiberto - (Donna Virginia, quel vostro don Flaminio mi pare un pazzo. Nelle conversazioni non si parla segretamente). (*piano a donna Virginia*)

Donna Virginia - (Lasciatelo fare; è innamorato). (*a don Filiberto*)

Donna Eleonora - (Basta così, non voglio sentir altro). (*a don Flaminio*)

Don Flaminio - Con più comodo diremo il resto.

Donna Eleonora - Vostro marito è un cavaliere bizzarro. (*a donna Claudia*)

Donna Claudia - Se saprete fare, vi darà piacere. (*a donna Eleonora*)

Donna Eleonora - Ha delle commissioni di mio marito, e me le fa penare a poco per volta.

Donna Claudia - Poverina! consolatela una volta.

Donna Eleonora - Ha detto nulla a voi d'aver parlato a Benevento con don Roberto?

Donna Claudia - A Benevento?

Don Flaminio - Sì, non sono io arrivato questa mattina da Benevento per le poste? Ho portate delle commissioni di don Roberto.

Donna Claudia - (Che ti venga la rabbia, sentite che cosa si va sognando!) (*a donna Virginia*)

Donna Virginia - (Ma che dite di lei, come trova bene i pretesti?). (*a Claudia*)

Don Alonso - (Don Flaminio vuole ingannare donna Eleonora, ma io scoprirò ogni cosa). (*Colombina porta il caffè e lo distribuisce a tutti*)

Donna Virginia - (Donna Claudia, rinfreschi, rinfreschi).

Donna Claudia - (Eh, le costano poco).

Donna Virginia - (Viva don Rodrigo).

Donna Claudia - (Poverino! egli spende, e gli altri godono).

Donna Eleonora - Compatite, sarà poco buono.

Donna Virginia - Anzi è perfetto.

Donna Claudia - Non ho bevuto il meglio. (È acqua tinta). (*a Virginia*)

Donna Virginia - (Non si può bere. Si vuol mettere con noi). (*a Claudia*)

Donna Claudia - (Figuratevi! Povera pezzente!) (*a Virginia*)

Don Alonso - Veramente questo caffè può dirsi eccellente.

Donna Claudia - Quando ella lo dice, sarà così. (*con ironia ad Alonso*)

Don Filiberto - Certamente è fatto a maraviglia.

Don Flaminio - Tutto quello che viene dispensato da donna Eleonora, non può essere che perfetto.

Donna Eleonora - Siete troppo cortese.

Donna Claudia - (Siete troppo cortese! guardate che bella grazia!). (*caricandola*)

Don Flaminio - (A proposito. Sentite ora un'altra cosa di sommo rimarco). (*a donna Eleonora*)

Donna Eleonora - (No, signore. La convenienza non lo permette). (*a don Flaminio*)

Don Flaminio - (Questa sola, e ho finito).

Donna Eleonora - (Non voglio farmi spacciare per malcreata).

Don Flaminio - (Vi prego. Non siate meco sì austera).

Donna Eleonora - (Ho capito. Comincio a ravvisarvi della caricatura). (*da sé*) Signore mie, scusatemi. La cameriera mi accenna che ha necessità di parlarmi. (*si alza*) Permettetemi ch'io vada per un momento, or ora sono da voi. Con licenza. (*parte*)

Donna Claudia - Bella creanza! (*a donna Virginia*)

Donna Virginia - Pare annoiata di don Flaminio. (*a donna Claudia*)

Donna Claudia - Eh, per l'appunto. Ha soggezione di me. Per altro, se non ci fossi io, si conterrebbe diversamente. (*a donna Virginia*)

Don Alonso - (Si vede che donna Eleonora è stanca delle impertinenze di don Flaminio). (*da sé*)

Donna Virginia - Signor don Alonso, io principio a tenere dalla vostra parte.

Don Flaminio - Amico, preparatevi a pagar l'orologio. (*a don Alonso.*)

Donna Claudia - Oh, ecco qui don Rodrigo.

Donna Virginia - Mi pareva impossibile che non venisse.

SCENA XVI

DON RODRIGO e detti.

Don Rodrigo - (*Riverisce tutti che s'alzano, ed ei va a sedere nell'ultimo luogo vicino a don Filiberto, e tutti siedono*) Bellissima conversazione.

Donna Virginia - Ora poi è perfezionata coll'arrivo di don Rodrigo.

Don Rodrigo - Gentilissima espressione di dama troppo compita.

Donna Claudia - Certo, finora siamo stati malinconicissimi; donna Eleonora quasi quasi piangeva.

Don Rodrigo - Povera dama, non ha occasione di stare allegra. (Costei principia a motteggiare). (*da sé*)

Donna Virginia - Per altro ella ha delle buone nuove di suo marito.

Don Rodrigo - Sì? Me ne consolo. (Sventurata! ne ho io delle funeste). (*da sé*)

Donna Virginia - Questo cavaliere ha detto che fra due giorni avremo don Roberto in Napoli libero, assoluto e nello stato di prima. (*accennando don Flaminio*)

Don Rodrigo - È vero? (*a don Flaminio*)

Don Flaminio - È verissimo.

Don Rodrigo - E chi lo assicura?

Don Flaminio - Io.

Donna Virginia - Signor sì. Egli è venuto stamattina da Benevento ed ha parlato con don Roberto, che sta benissimo di salute.

Don Rodrigo - È vero? (*a don Flaminio*)

Don Flaminio - Ne dubitate?

Don Rodrigo - Quando avete parlato con lui?

Don Flaminio - Ieri sera.

Don Rodrigo - E stava bene di salute?

Don Flaminio - Benissimo.

Don Rodrigo - Signori, io non voleva funestare la conversazione con una nuova lugubre, ma don Flaminio mi obbliga a farlo. Ieri a mezzo giorno don Roberto spirò, e questa è la lettera che autentica la di lui morte. (*mostra una lettera che aveva in tasca*)

Donna Virginia - Oh povera donna Eleonora! Manco male che ora non è qui presente.

Don Flaminio - E non credete...

Don Rodrigo - Udite la lettera. È il conte degli Anselmi che scrive a me. «Amico. Due ore sono, mancò di vivere il povero don Roberto, assalito da un orribile parossismo. Io ne avanzo a voi la funesta notizia, sapendo essere stato il suo più intrinseco e fedele amico. Recate voi l'infausta nuova alla infelice vedova dama...».

Donna Virginia - Quel signore ch'è venuto stamattina da Benevento, vada a riposare, che sarà stracco. Gran cabalisti che siete voi altri uomini.

Don Flaminio - (Don Rodrigo mi ha fatto comparire un bugiardo in faccia a tutta la conversazione. Don Rodrigo me la pagherà). (*parte, guardando bruscamente don Rodrigo*)

Don Rodrigo - (Don Flaminio mi guarda torvo e parte; non ho paura di lui). (*vuol partire*)

Donna Claudia - Non vorrei seguisse qualche duello. (*a Virginia*)

Donna Virginia - Don Rodrigo.

Don Rodrigo - Mia signora.

Donna Virginia - E volete partire, senza dir niente alla povera donna Eleonora?

Don Rodrigo - È necessario ch'ella lo sappia? Ma giacché si trovano qui due dame, lascierò ad esse il carico di un tale uffizio.

Donna Claudia - Eh via, don Rodrigo, non fate tanto l'indifferente. Andate ad asciugare le lagrime alla vedovella.

Don Rodrigo - Io sono un cavaliere onorato; donna Eleonora è una donna saggia e prudente, e chi pensa diversamente, ha il cuor guasto e corrotto dai pregiudizi del mal costume. (*parte*)

Donna Virginia - Donna Claudia, ingoiate questa pillola.

Don Filiberto - Don Rodrigo ha parlato assai schietto.

Don Alonso - Imparate, signore mie, a giudicar meglio e a mormorar meno.

Don Filiberto - (La volpe perde il pelo, ma non il vizio). (*da sé*)

Donna Virginia - Don Alonso, andate a ritrovare un medico. Donna Eleonora avrà bisogno di essere sovvenuta.

Don Alonso - Lo farò volentieri.

Donna Virginia - E voi, don Filiberto, fatevi servire colla mia carrozza, ch'io resterò qui con donna Eleonora, se donna Claudia l'accorda.

Donna Claudia - Sì, sì, restiamo pure. (Ho curiosità di vedere come termina l'istoriella di don Rodrigo). (*da sé*)

Donna Virginia - (Noi altre donne qualche volta parliamo con troppa facilità, ma siamo poi di buon cuore). (*da sé, parte*)

Donna Claudia - Don Alonso, volete venire ancor voi a consolare donna Eleonora?

Don Alonso - Io, signora, se mi tentate, vi parlerò più chiaro di don Rodrigo.

Donna Claudia - Segno che avete più premura di lui.

Don Alonso - Orsù, io vado a ritrovare il medico.

Donna Claudia - Sì, andate, e se volete ritrovare un buon medico per donna Eleonora, conducetele un bel marito. (*parte*)

Don Filiberto - Che bella cosa sarebbe, se si trovasse un medico che sapesse curare l'infermità della maldicenza! (*parte*)

Don Alonso - Questa in molti è un infermità irremediabile. Lo fanno per costume, e non ne possono fare a meno. Però la mormorazione e la critica è un pane che si rende, e quello che noi diciamo degli altri, probabilmente verrà anche detto di noi. (*parte*)

ATTO TERZO

SCENA I

Strada.

DON RODRIGO e DON ALONSO.

Don Alonso - Don Flaminio ha poca prudenza.

Don Rodrigo - Ha fatta un'azione indegna.

Don Alonso - Veramente n'ebbe il premio ch'ei meritava. Partì svergognato e confuso.

Don Rodrigo - Parve ch'egli mi minacciasse partendo. Scesi poco dopo di lui, ma non l'ho più veduto.

Don Alonso - Per altro egli piuttosto è coraggioso; ma un uomo che sa d'aver il torto, si rende vile.

Don Rodrigo - A qual fine tentava egli ingannare quella povera dama?

Don Alonso - Voleva essere il di lei cavaliere.

Don Rodrigo - Sa pur egli ch'ella è da me servita.

Don Alonso - Egli ha per massima, che una donna non abbia a contentarsi di un servente solo.

Don Rodrigo - È nota la prudenza di donna Eleonora.

Don Alonso - Ha meco scommesso un orologio d'oro, che si sarebbe impadronito della di lei grazia.

Don Rodrigo - E voi avete avuto la debolezza di concorrere a tale scommessa?

Don Alonso - So il carattere di donna Eleonora; l'ho fatto per convincere altre persone della di lei virtù.

Don Rodrigo - No, amico, perdonatemi, avete contribuito a porla in discredito. Dell'onor delle dame non si scommette. Questa è una materia delicatissima, di cui gli uomini onesti debbono favellare con rispetto. Il mondo facilmente mette in ridicolo la virtù istessa. La vostra scommessa, presso chi non conosce donna Eleonora, pone in dubbio la di lei onestà: e tosto che si dubita di una cosa, dal tristo mondo si crede il peggio.

Don Alonso - Avete ragione, io lo confesso. Non dovea dar pascolo alle pazzie di due donne, che hanno promossa colle loro critiche la questione. Ma ora, che sarà di donna Eleonora?

Don Rodrigo - Non saprei. Ho creduto dover partire, per evitare la maldicenza; né ho avuto campo ancor di vederla.

Don Alonso - Tocca a voi ad assisterla.

Don Rodrigo - Mi sgomentano le lingue indegne.

Don Alonso - Non l'abbandonate questa povera sventurata.

SCENA II

BALESTRA e detti.

Don Alonso - Ecco il servo di don Flaminio.

Balestra - Servitore umilissimo di V. S. illustrissima. (*a don Rodrigo*)

Don Rodrigo - Cosa vuoi?

Balestra - Il mio padrone le manda questo viglietto.

Don Rodrigo - Sentiamo. «Don Rodrigo, da voi mi chiamo offeso, e ne pretendo soddisfazione. Se siete cavaliere, v'aspetto fuori di porta Capuana, ove colla spada mi dovrete render conto dell'insulto fattomi iersera, allorché vi prendeste spasso di farmi comparire mentitore in una pubblica conversazione. Provvedetevi di un cavaliere padrino, ch'io pure farò l'istesso, intendendo che la disfida debba estendersi fino all'ultimo sangue. Don Flaminio del Zero».

Balestra - (Oh diamine! Che cosa sento! Una disfida? Ed io l'ho recata? Il padrone mi ha gabbato). (*da sé*)

Don Alonso - Che risolvete di fare?

Don Rodrigo - Or ora sentirete la mia risoluzione. Aspettami, che ora torno con la risposta. (*a Balestra*)

Don Alonso - Andate a casa?

Don Rodrigo - Attendetemi. Vado alla spezieria qui vicina. (Trattenete costui, che non parta). (*piano ad Alonso, e parte*)

Don Alonso - E tu ti azzardi a portar disfide?

Balestra - Giuro da uomo onorato, che io non sapevo cosa contenesse il viglietto. Che se l'avessi saputo, non sarei entrato in tale impegno, né posto mi sarei ad un tale pericolo; e tanto è vero, che in questa sorta d'affari io non me ne voglio impicciare, che ora me la colgo, e vado a fare i fatti miei. (*vuol partire*)

Don Alonso - No, no, galantuomo, di qui non si parte.

Balestra - Che vuol ella da me? Perché m'impedisce d'andarmene?

Don Alonso - Tu devi attendere don Rodrigo.

Balestra - Signore... mi perdoni... non voglio altri impegni... Con sua buona grazia...

Don Alonso - Ti fiaccherò l'ossa di bastonate.

Balestra - Per qual ragione?

Don Alonso - Se tu ritorni senza risposta, don Flaminio non saprà che pensare di don Rodrigo, e forse attribuendo a viltà il suo silenzio, si vanterà vincitore senza combattere. Ecco don Rodrigo che torna, non ti partire.

Balestra - (Pazienza! Ci sono, e non me ne posso ire. Se la scampo questa volta, non mi ci lascio più ritrovare). (*da sé*)

SCENA III

DON RODRIGO e detti.

Don Rodrigo - Ecco la risposta che recherai a don Flaminio in mio nome.

Don Alonso - Poss'io essere a parte delle vostre risoluzioni?

Don Rodrigo - Vi leggerò il mio viglietto, e mi direte poi se io abbia risposto da cavaliere.

Don Alonso - Lo sentirò con piacere.

Don Rodrigo - «Don Flaminio. Rispondo alla vostra disfida, non poterla, né doverla io accettare, poiché tutte le leggi me lo inibiscono. Se non vi fosse altro da temere, oltre le pene pecuniarie ed afflittive fulminate dai Sovrani Decreti, forse mi esporrei a soffrirle, per darvi prova del mio coraggio; ma poiché le leggi cavalleresche dichiarano infame il cavaliere duellista, ricuso assolutamente di venire al luogo della disfida. Vi dico però nello stesso tempo, ch'io porto la spada al fianco per difesa della mia vita e dell'onor mio, e che in qualunque luogo avrete ardire di provocarmi, saprò rispondervi da cavaliere qual sono. Don Rodrigo Rasponi».

Che dite? Vi pare che io abbia adempito all'uno e all'altro de' miei doveri?

Don Alonso - Sì certamente. Non potevate in miglior maniera obbedire alle leggi, e dimostrare il vostro valore.

Don Rodrigo - (*chiude il biglietto coll'ostia, e lo dà a Balestra*) Tieni, portalo al tuo padrone. Amico, compiacetevi di venir meco. (*parte*)

Don Alonso - Avverti non mancare, ché don Rodrigo ed io ti faremmo pagar cara la tua mancanza. (*a Balestra, e parte*)

Balestra - Obbligatissimo. Questa volta a portar viglietti mi son guadagnata una bella mancia. (*parte*)

SCENA IV

Camera di donna Eleonora.

DONNA CLAUDIA e DONNA VIRGINIA.

Donna Virginia - Vogliamo dire che donna Eleonora riposi ancora?

Donna Claudia - Oibò, l'ho sentita muoversi prima che noi uscissimo della camera.

Donna Virginia - Perché dunque non esce, o non ci fa entrare?

Donna Claudia - Prima di farsi vedere, vorrà porsi in bellezze.

Donna Virginia - Credo non ne avrà volontà, dopo il dolor sofferto per la perdita di suo marito.

Donna Claudia - Oh, l'avete detta maiuscola! Credete voi ch'ella abbia sentito dolore per la morte del marito?

Donna Virginia - Non l'avete voi veduta svenire?

Donna Claudia - Cara donna Virginia, siete pur donna anche voi. Non vi siete mai servita di veruno svenimento, per dare ad intendere quel che non era?

Donna Virginia - Voi mi fate ridere. Certo che all'occasioni non ho mancato anch'io di prevalermi di due lacrimette per intenerire. Ma per altro credetemi che la perdita di don Roberto l'ha sconcertata.

Donna Claudia - Ed io penso tutto il contrario. Credo anzi che non vedesse l'ora ch'egli morisse.

Donna Virginia - In quanto a questo poi, il marito è sempre marito, e per cattivo ch'ei sia, non si può fare di meno qualche volta di non amarlo.

Donna Claudia - Sapete cosa dicono gli uomini di noi? Che vi sono per essi due giorni felici: l'uno, quando si maritano; l'altro, quando muore ad essi la moglie. E perché non abbiamo noi a dire lo stesso di loro?

SCENA V

COLOMBINA che esce dalla camera di DONNA ELEONORA e chiude l'uscio, e dette.

Donna Virginia - Colombina, che fa la tua padrona?

Colombina - Sta meglio, sta meglio.

Donna Claudia - Che fa che non esce di quella camera?

Colombina - Aspetta don Rodrigo. L'ha mandato a chiamare.

Donna Claudia - Vuol ella bene a don Rodrigo?

Colombina - Uh! è innamorata morta.

Donna Claudia - Ed egli come si porta verso di lei?

Colombina - Tutto il giorno è qui.

Donna Virginia - Se non fosse stata assistita da lui, come avrebbe fatto a vivere?

Donna Claudia - Si sa, egli l'ha mantenuta del tutto.

Colombina - No, no, v'ingannate. Sinora non ha speso un soldo.

Donna Virginia - Chi le paga la pigione di casa?

Colombina - Ha venduto un abito per dar venti scudi al signor Anselmo, ed egli per compassione non li ha voluti.

Donna Virginia - Ed il rinfresco chi l'ha mandato?

Donna Claudia - Oh, si sa, don Rodrigo.

Colombina - No davvero. È stato il signor Anselmo.

Donna Claudia - Che! è innamorato il signor Anselmo della tua padrona?

Colombina - Oh pensate! è un uomo di buon cuore, fa volentieri servigio a tutti.

Donna Claudia - Dunque don Rodrigo non ispende?

Colombina - Niente affatto.

Donna Claudia - E come si diverte colla tua padrona?

Colombina - Pare una marmotta. Stanno a sedere lontani, che passerebbe un carro fra le due sedie. Discorrono o delle liti, o delle cose di casa, o delle guerre, e passano così il tempo inutilmente. Qualche volta si guardano sottocchi e s'ammutiscono, che fanno crepar di ridere.

Donna Claudia - Tu non puoi sapere quello che facciano, quando sono soli.

Colombina - Oh, soli non istanno mai. Ma zitto, che la padrona mi domanda. Non le dite nulla di quel che vi ho detto, per l'amor del cielo. Vengo, signora, vengo. (*entra in camera di donna Eleonora*)

SCENA VI

DONNA CLAUDIA e DONNA VIRGINIA.

Donna Virginia - Che ne dite, donna Claudia? La cosa non è poi come si discorreva.

Donna Claudia - Io non credo che Colombina dica la verità.

Donna Virginia - Non l'avete sentita? Ha principiato subito a dir male della padrona, e se avesse potuto dir altro, l'avrebbe detto assolutamente.

Donna Claudia - Non si può però negare ch'ella non sia un poco ambiziosetta.

Donna Virginia - Cara donna Claudia, specchiamoci in noi.

Donna Claudia - Che? Vorreste metterla in confronto mio? Mi fareste un bell'onore!

Donna Virginia - Eccola eccola che viene. (*s'apre la camera*)

SCENA VII

DONNA ELEONORA in abito vedovile, e dette.

Donna Claudia - (Oh bella! ha messo il bruno). (*a donna Virginia*)

Donna Virginia - (Guardate come sta bene). (*a donna Claudia*)

Donna Claudia - (Spicca, spicca la biacca con quel nero).

Donna Eleonora - Scusatemi, o care amiche, se vi ho fatto un po' troppo rimaner sole.

Donna Claudia - In verità, non pare che siate stata punto travagliata. Siete bianca e rossa come una rosa.

Donna Eleonora - Eh, donna Claudia, io non mi curo far pompa d'una mestizia che potrebbe anche credersi simulata, né per autenticarla affetto la pallidezza. Il mio dolor l'ho nel cuore. Io lo sento, e non m'importa che lo creda chi non può darmi sollievo alcuno.

Donna Virginia - (Sentite? questa vi sta bene). (*piano a donna Claudia*)

Donna Claudia - (Se lo dico! è superba quanto Lucifero). (*piano a donna Virginia*)

Donna Virginia - Donna Eleonora, ora che siete vedova, che pensate di fare?

Donna Eleonora - In così brevi momenti non ho avuto comodo di pensare a me stessa.

Donna Virginia - Io vi consiglio a rimaritarvi.

Donna Claudia - Ed io vi consiglio a starvene vedova. Oh che bella cosa è la libertà! È vero che vi sono de' mariti indulgenti, che non vietano alla moglie far ciò che vuole, ma però di quando in quando vogliono farsi conoscere mariti, e qualche volta impediscono quello che averanno cento altre volte concesso.

Donna Virginia - In quanto a me, se restassi vedova, vorrei rimaritarmi in capo a tre giorni.

Donna Claudia - Voi lo dite per impegno: per altro non credo che lo diciate di cuore. Se avete un diavolo di cicisbei!

Donna Virginia - Maritata li posso avere, e vedova non potrei.

Donna Claudia - Ah sì! il marito serve di mantello.

Donna Eleonora - Non mi par che sia gran piacere dar motivo al mondo di mormorare.

Donna Claudia - Oh, in quanto al mondo, mormora con ragione e senza ragione, onde far bene o non far bene è l'istesso.

Donna Eleonora - In questo v'ingannate. Se il mondo mormora con giustizia, chi fa male ne sente pena; se mormora ingiustamente, chi è innocente si consola. So che di me ancora è stato mormorato non poco: pure non me ne sono afflitta, perché conosco non meritarlo.

Donna Claudia - Che possono aver detto di voi? Quando hanno detto che siete innamorata di don Rodrigo, hanno finito.

Donna Eleonora - Don Rodrigo è un cavaliere d'onore.

Donna Claudia - E voi siete una dama onorata. Farete all'amore onoratamente, ed ora con un onorato matrimonio potrete dare al mondo una dozzina di onoratissimi bimbi.

SCENA VIII

COLOMBINA e dette, poi DON ALONSO.

Colombina - Signora, il signor don Alonso desidera riverirla.

Donna Eleonora - Passi, è padrone.

Colombina - (Consigliatela che si rimariti presto. Non vedo l'ora di fare un buon pasto). (*piano a donna Claudia*)

Don Alonso - Mie signore, vi sono schiavo. Come sta donna Eleonora?

Donna Claudia - Sta meglio di donna Virginia e di me.

Don Alonso - Perché sta meglio di voi?

Donna Claudia - Perché si è liberata dalla catena del matrimonio.

Don Alonso - Donna Claudia, temo che presto vogliate aver ancor voi una simile consolazione.

Donna Claudia - Perché dite questo? Ha forse la febbre mio marito?

Don Alonso - Peggio assai. Egli ha sfidato a duello don Rodrigo.

Donna Eleonora - (Oimè! che sento!) (*da sé*)

Donna Claudia - L'ha sfidato a duello?

Don Alonso - Certamente.

Donna Claudia - Ha egli accettata la sfida?

Don Alonso - No, ma se s'incontreranno, si batteranno.

Donna Claudia - Oh, meschina me! Che sento mai! Se don Flaminio uccide il rivale, sarà esiliato come don Roberto; si confischeranno i suoi beni, ed io diverrò povera come donna Eleonora!

Donna Virginia - Ah, vi sta più sul cuore la roba, che la vita di don Flaminio?

Donna Claudia - Che? Vi è paragone fra la roba e il marito? Presentemente dove sarà don Flaminio? (*a don Alonso*)

Don Alonso - Io l'ho veduto girare, e credo aspetti don Rodrigo per attaccarlo.

Donna Claudia - Donna Virginia, andiamolo a ritrovare; fra voi e me vedremo di dissuaderlo.

Donna Virginia - Volentieri. Ma non vi è alcuna delle nostre carrozze.

Don Alonso - Servitevi della mia.

Donna Claudia - Venite ancor voi.

Don Alonso - Verrò, per non darvi motivo di una nuova mormorazione.

Donna Claudia - Andiamo. (*s'incammina*)

Donna Virginia - Addio, donna Eleonora, ci rivedremo avanti pranzo.

Donna Claudia - Andiamo, andiamo, non facciamo altri complimenti.

Don Alonso - Donna Eleonora, a voi m'inchino. (*partono tutti tre*)

SCENA IX

DONNA ELEONORA, COLOMBINA, poi ANSELMO.

Donna Eleonora - Donna Claudia nemmeno mi ha fatto grazia d'un addio. Che donna altera è mai quella! Ma ciò poco mi preme. Quello che mi sta sul cuore si è il pericolo in cui ritrovasi don Rodrigo. Ah, che don Rodrigo occupa una gran parte del mio cuore e de' miei pensieri.

Colombina - Signora, il signor Anselmo vorrebbe riverirla.

Donna Eleonora - Passi, è padrone.

Colombina - Via state allegra, non piangete più il marito; già per quello che ne facevate? Egli stava a Benevento, e voi a Napoli. (*parte*)

Donna Eleonora - Niuno sa da quante passioni sia combattuto il mio cuore.

Anselmo - Col più sincero sentimento del cuore protesto alla signora donna Eleonora il mio dolore per la perdita fatta della felice memoria del degnissimo suo consorte. Ho veduto il signor don Rodrigo, mi ha data egli questa cattiva nuova, e non ho voluto mancare al debito mio, protestandole che queste mie lacrime non sono cagionate da un affettato complimento, ma dal cuore addolorato per la compassione delle sue disgrazie.

Donna Eleonora - Caro signor Anselmo, quanto sono tenuta al generoso amor vostro! Non accrescete colla vostra tenerezza la pena mia. Non mi fate lacrimar di vantaggio.

Anselmo - Veramente conosco che troppo mi lascio trasportare dal dolore per cagione di una vera amicizia. Doveva anch'io farle il solito complimento: ella si consoli, siamo tutti mortali. Ma queste son cose che chi le ascolta, le sa meglio di chi le dice, e non giovano né per i morti, né per i vivi. Sa ella cosa io le dirò, di buon cuore, da buon amico e servitore che le sono? In tutto quello che occorre, son qui per lei. Parli con libertà, se qualche cosa le bisogna per la casa, per il bruno, per altre spese; alle corte, per tutto, son qua io, mi comandi e disponga di me; questo è il più bel complimento ch'io possa farle.

Donna Eleonora - Voi mi sorprendete con un eccesso di generosità. Pur troppo anco iersera mi avete favorito. Vi ringrazio delle cere, dello zucchero e di quant'altro mi avete abbondantemente favorita.

Anselmo - Niente, queste son piccole cose. Mi dà permissione ch'io le possa parlare con libertà?

Donna Eleonora - Anzi mi fate grazia a parlarmi liberamente.

Anselmo - Si degna ella, riguardo alla mia età, di tenermi in conto di padre?

Donna Eleonora - Per tale vi considero e vi rispetto.

Anselmo - Ed io, non per il grado, sapendo non esser degno di tanto, ma per l'amor che le porto, la tengo in luogo di figlia. Favorisca ascoltarmi, e senta quel che le dice un uomo, che desidera unicamente il suo bene. Ella è vedova, sprovveduta di danari e di beni. Ella è nobile, ed è ancor giovine; che cosa ha intenzione di fare?

Donna Eleonora - Questo è quel pensiere che occupa la mia mente.

Anselmo - Andiamo per le corte, senza tanti raggiri. Se vuole restar vedova, sola non istà bene, onde la consiglio ritirarsi o con i suoi parenti, o con qualche famiglia onesta e dabbene, ed io le passerò, fino ch'ella vive, un trattamento da povera dama, e le farò un assegnamento per dopo la mia morte ancora. Se vuol ella ripigliar marito, quattro, cinque, sei mila scudi glieli darò io, secondo il partito che si ritroverà. Io non ho figliuoli, i miei parenti non hanno di bisogno di me. Ho qualche poco di bene al mondo, il cielo me l'ha dato. Il cielo vuole ch'io ne disponga, oltre il mio bisogno, per qualche opera di pietà, e fra tutti i guadagni che ho fatti nel corso della mia vita, il guadagno maggiore sarà questo, di aver soccorso una vedova abbandonata, perché povera, e miserabile, perché onesta.

Donna Eleonora - Oh Dio! voi mi fate piangere per tenerezza.

Anselmo - Via, si consoli. La sua bontà, la sua modestia, la sua rassegnazione mi muove, mi stimola a quest'atto di pietà umana. Onde ella mi ha capito: o ritirarsi, o maritarsi; o il suo mantenimento, o una dote discreta. Tanto esibisce un padre per affetto ad una figlia per rassegnazione.

Donna Eleonora - Voi avete un cuore pieno di bontà e di vero amore.

Anselmo - Sì, signora, questo è il vero amore, e non quello di certi cacazibetti: gioia... Non ho mai potuto tollerare le frascherie; ed ella mi piace, perché è una donna prudente, che non bada a simili sciocchezze. Il matrimonio non lo condanno. Ella è stata maritata una volta, è giovane, non sarebbe male che si tornasse ad accompagnare, ma con giudizio, da donna saggia, per istar bene e non per istar male; pensare più al giorno che alla notte, e considerare che la gioventù e la bellezza sono cose che passano presto, ma i buoni costumi, la virtù e la prudenza stabiliscono la vera pace delle famiglie.

Donna Eleonora - Oh, se vi fossero al mondo padri della vostra sorta, quanto meno tristi figliuoli si vedrebbero!

Anselmo - Signora, s'ella mi dà licenza, le leverò l'incomodo.

Donna Eleonora - Così presto volete privarmi delle vostre grazie?

Anselmo - Ho da badare a' miei interessi, e non ho tempo da gettar via; quello che io aveva da dirle, l'ho detto. Ella pensi e risolva; e quando averà risoluto, mi avvisi: si fidi di me, e non pensi ad altro. La cosa passerà con segretezza fra lei e me. Troveremo un pretesto per far credere al mondo che la provvidenza sia derivata o dai parenti, o dal fisco. Non voglio che si sappia che lo fo io; perché chi dona, e fa sapere d'aver donato, mostra d'averlo fatto per ambizione, e non per zelo, né per buon cuore; e quando il benefattore fa arrossire la persona beneficata, vende a troppo caro prezzo qualsisia benefizio. Le fo umilissima riverenza. (*parte*)

SCENA X

DONNA ELEONORA, poi COLOMBINA, poi il DOTTORE BUONATESTA.

Donna Eleonora Io rimango incantata! Gran bontà del signor Anselmo! Gran provvidenza del cielo nei miei disastri!

Colombina - Signora, il signor Dottore.

Donna Eleonora - Fa che passi, mi porterà la sentenza.

Colombina - (Se lo credo, ch'i' arrabbi). (*da sé*) Venga, venga, signor Dottore.

Donna Eleonora - Consolati che, se la causa andasse male, il cielo mi ha provveduta per altra parte.

Colombina - Sì? me ne rallegro.

Dottore Buonatesta - Fo riverenza alla signora donna Eleonora. Mi dispiace della morte del signor don Roberto. Che vuol ella fare? Si consoli. Siamo tutti mortali. (*in atto di mestizia*)

Donna Eleonora - (Ecco il complimento accennato dal signor Anselmo). (*da sé*) Vi ringrazio, signor Dottore: come va la causa?

Dottore Buonatesta - Ma! Che vuol ella ch'io le dica? Disgrazie sopra disgrazie.

Colombina - Eh, l'ho detto, l'ho detto.

Donna Eleonora - Vi è qualche novità?

Dottore Buonatesta - Pare a lei piccola novità la morte del marito? Non vede che immediatamente la causa muta d'aspetto? Noi abbiam domandato gli alimenti dal fisco *vivente viro*, che vuol dire vivente il marito; il marito è morto, conviene variare la domanda.

Donna Eleonora - Come? Tornar da capo?

Colombina - Almeno dateci i quaranta scudi.

Dottore Buonatesta - Oh, sono spesi, sono andati. Appena sono di qui partito, andai subito a ritrovare l'amico e gli contai i venti scudi, e presto s'aveva da rilasciare la sentenza. Si è sparsa la nuova della morte di suo marito, e dubito che tutto sia andato in fumo.

SCENA XI

DON RODRIGO e detti, poi un MESSO della Curia.

Don Rodrigo - Si può entrare? (*di dentro*)

Colombina - Questo Dottoraccio ha lasciato la porta aperta.

63

Donna Eleonora - Favorite, don Rodrigo.

Don Rodrigo - Donna Eleonora, senza che io parli, credo sarete ben persuasa ch'io sia a parte del vostro dolore. Permettetemi ch'io rivolga prima il discorso al signor Dottore. Signore, che fate qui? Come va la causa?

Dottore Buonatesta - Dubito che voglia andar male.

Don Rodrigo - Io vi ho da dare una buona nuova. La sentenza è uscita, la causa è terminata. E voi non lo sapete?

Dottore Buonatesta - Dice davvero? (*con allegria*)

Don Rodrigo - È sicurissimo.

Donna Eleonora - Com'è questa sentenza?

Don Rodrigo - Or ora lo saprete. Vi è qui un messo della Curia, venuto a posta per darvene parte. Colombina, fallo passare.

Colombina - Ancora mi pare impossibile. (*parte*)

Dottore Buonatesta - Vede, signora donna Eleonora, se io son un uomo di garbo? Tutta opera del mio giudizio, della mia buona condotta.

Messo - Servitore umilissimo di V. S. illustrissima.

Don Rodrigo - Eccolo il signor Dottore, notificategli la sentenza.

Dottore Buonatesta - Eh, la può notificare alla principale, che è qui presente.

Don Rodrigo - No, no, la deve notificare a voi.

Messo «D'ordine regio. Il signor Dottor Buonatesta in termine di ventiquattr'ore deve andarsene esiliato da Napoli, in pena, trasgredendo, della carcere e d'altre pene ad arbitrio».

Dottore Buonatesta - Come! A me un simile affronto! Per qual causa? Qual male ho fatto?

Messo - «Per aver tradita la signora donna Eleonora, dandole ad intendere delle falsità, a solo motivo di carpirle di mano il denaro, senza compassione delle sue indigenze, e per aver fatto credere mancatori e corrotti li signori Ministri, con pregiudizio del loro decoro».

Dottore Buonatesta - Intendo di voler esser sentito.

Messo - O parta subito di questa casa, o gli sbirri la faranno partire. (*parte*)

Dottore Buonatesta - Oh me infelice! Qualche mala lingua mi ha rovinato.

Don Rodrigo - Io sono stato la mala lingua, che ha discoperte le vostre iniquità.

Dottore Buonatesta - Povera la mia riputazione! Povera la mia casa! Mah! Questo è il frutto che si ricava dalle falsità e dagl'inganni. Parto pien di rossore e di confusione, e voglia il cielo che questo caso, che questo mio gastigo serva di documento a me ed a' pari miei: che chi cerca *per fas* e *per nefas* di guadagnare, trovasi alla fine scoperto, punito e precipitato. (*parte, e Colombina gli va dietro*)

DONNA ELEONORA e DON RODRIGO.

Donna Eleonora - Misera me, in che mani io era caduta!

Don Rodrigo - V'ingannaste a fidarvi d'un forestiere. Colui non si sa di qual paese egli sia.

Donna Eleonora - Orsù, lasciamo per ora di ragionare di ciò: ho piacere che mi abbiate ritrovata sola, e solo con voi bramo di restare per poco. Deggio farvi un discorso, da voi forse non preveduto.

Don Rodrigo - Lo sentirò volentieri.

Donna Eleonora - Ma prima favorite dirmi qual esito abbia avuto la disfida di don Flaminio.

Don Rodrigo - La cosa si è pubblicata, si sono frapposti dei cavalieri comuni amici, ed ora si tratta l'aggiustamento.

Donna Eleonora - Don Rodrigo, questa ch'io vi parlo forse è l'ultima volta. Deh, permettetemi ch'io vi parli con libertà.

Don Rodrigo - Oimè! Perché l'ultima volta?

Donna Eleonora - Non è più tempo di celar un arcano, finora con tanta gelosia nel mio cuor custodito. Finché fui moglie, malgrado le violenze dell'amor mio frenai colla ragione l'affetto; ora che sono libera e che potrei formare qualche disegno sopra di voi, più non mi fido dell'usata mia resistenza, né trovo altro riparo alla mia debolezza che il separarmi per sempre dall'adorabile aspetto vostro.

Don Rodrigo - Mi sorprende non poco la vostra dichiarazione. La bontà, che voi dimostrate per me, esige in ricompensa una confidenza. Sì, se mi credeste insensibile alle dolci maniere vostre, v'ingannaste di molto. So io quanto mi costa la dura pena di superare me stesso.

Donna Eleonora - Ecco un nuovo stimolo all'intrapresa risoluzione. Noi non siamo più due virtuosi soggetti, che possano trattarsi senza passione, ed ammirarsi senza pericolo. Il nostro linguaggio ha mutato frase, i nostri cuori principierebbero ad uniformarsi alla corruttela del secolo. Rimediamoci, finché vi è tempo.

Don Rodrigo - E non sapete proporre altro rimedio che quello di una sì dolorosa separazione? Veramente lo stato mio, i miei numerosi difetti non mi possono lusingare di più.

Donna Eleonora - V'intendo, con ragione mi rimproverate che io non preferisca al mio allontanamento le vostre nozze. Se io vi sposassi ora che sono vedova, direbbe il mondo che vi ho vagheggiato da maritata, e in luogo di smentire le critiche di chi pensa male di noi, si verrebbero ad accreditare per vere le loro indegne mormorazioni.

Don Rodrigo - Ah sì, pur troppo è vero. Le malediche lingue hanno perseguitata la nostra virtù; negar non posso che saggiamente voi non pensiate, ma il separarci per sempre... Oh cielo! Compatite la mia debolezza. Non ho cuor da resistere a sì gran colpo.

Donna Eleonora - Che dobbiam fare? Avete cuor di resistere a fronte delle dicerie? Siete disposto a preferire la vostra pace al vostro decoro?

Don Rodrigo - No, donna Eleonora, non voglio perdervi per acquistarvi. Conosco la vostra delicatezza; non soffrireste gl'insulti del mondo insano. Andrò esule da questa patria, andrò ramingo pel mondo; ma prima di farlo, bramo sapere quale sarà lo stato in cui vi eleggerete di vivere.

Donna Eleonora - Ritirata dal mondo.

Don Rodrigo - Ed io vi offro quanto sia necessario per una sì eroica risoluzione.

Donna Eleonora - Dareste per altra via motivo di mormorare. Non temete, il cielo mi ha provveduta.

Don Rodrigo - E come? Mia vita... Ah, vedete se sia necessaria questa nostra separazione. (*resta pensoso*)

Donna Eleonora - Gran disavventura! Dover prender motivo di separarci da quell'istessa ragione che ci dovrebbe rendere uniti. (*restano tutti due sospesi*)

SCENA XIII

COLOMBINA e detti, poi DON ALONSO.

Colombina - (Dormono o cosa fanno?) (*da sé*) Signora padrona.

Donna Eleonora - Che vuoi?

Colombina - È qui il signor don Alonso.

Donna Eleonora - Fa che egli venga.

Colombina - (Non so s'ella pianga per il morto o per il vivo). (*da sé, parte*)

Don Rodrigo - Donna Eleonora, coraggio.

Donna Eleonora - Mi confido che per poco dovrò penare.

Don Rodrigo - Perché?

Donna Eleonora - Perché morirò quanto prima.

Don Alonso - M'inchino a donna Eleonora. Amico, tutto è accomodato. Con don Flaminio sarete amici.

Don Rodrigo - E quali sono i patti dell'aggiustamento?

Don Alonso - Giusti ed onesti per ambidue. Or ora verrà qui don Flaminio, chiederà egli scusa a donna Eleonora d'averle detta una falsità, e dirà averlo fatto per puro scherzo, a motivo di renderla lieta nella conversazione. Così ancor voi, che avete prese le parti di donna Eleonora, rimarrete con ciò soddisfatto. Voi, posciaché l'avete reso ridicolo in pubblica conversazione, dovrete dire averlo fatto senza pensiere di offenderlo, e per puro impegno di svelare una verità che non si poteva tener celata. Vi chiamerete amici, e si terminerà la contesa; siete di ciò contento?

Don Rodrigo - Un cavaliere che dà la sua parola ad un altro, non ha che ripetere sul già fatto.

SCENA XIV

COLOMBINA e detti.

Colombina - Uh, uh, quanto sussurro! Tre o quattro carrozze in una volta.

Don Alonso - Saran donna Claudia e donna Virginia con don Flaminio.

Donna Eleonora - Eccole, sono desse.

SCENA XV

DONNA VIRGINIA, DONNA CLAUDIA, DON FLAMINIO e detti.

Donna Virginia - Serva, donna Eleonora.

Donna Eleonora - Serva, donna Virginia.

Donna Claudia - Serva, donna Eleonora

Donna Eleonora - Serva, donna Claudia.

Don Flaminio - Donna Eleonora, vi chiedo scusa anco alla presenza di don Rodrigo, mio buon amico, della favola che vi ho inventato, assicurandovi averlo unicamente fatto per motivo di rendervi nella conversazione più lieta.

Donna Eleonora - Per me accetto in buon grado le vostre giustificazioni, e vi ringrazio di quest'atto della vostra bontà.

Don Rodrigo - Don Flaminio, vi protesto nel fatto di ieri sera non aver avuto intenzione d'offendervi, ed aver letta la lettera unicamente per disvelare una verità che non dovevo tener celata, protestandomi d'essere vostro amico.

Donna Claudia - Oh via, è fatta la pace. Sediamo un poco.

Colombina - (*porta da sedere, e tutti seggono*)

Donna Virginia - E così, donna Eleonora, come ve la passate?

Donna Eleonora - Benissimo, grazie al cielo.

Donna Claudia - Vi è passato il dolor di cuore?

Donna Eleonora - Sì, mi è passato un poco.

Donna Claudia - E che sì ch'io indovino chi ve lo ha fatto passare?

67

Donna Eleonora - Via, dite.

Donna Claudia - Don Rodrigo.

Don Rodrigo - (Ecco le lingue perfide!). (*da sé*)

Donna Eleonora - Certo, don Rodrigo mi ha consolato, in grazia d'un ottimo consiglio da lui propostomi, e da me placidamente abbracciato.

Donna Claudia - M'immagino vi averà consigliata a prendere stato.

Donna Eleonora - Per l'appunto.

Donna Claudia - Dunque quanto prima vedremo questo bel matrimonio.

Donna Eleonora - No, signora, quanto prima mi vedrete ritirata dal mondo.

Donna Virginia - E perché una simile risoluzione?

Donna Eleonora - Per consiglio di don Rodrigo.

Donna Claudia - Don Rodrigo, perché piuttosto non la sposate?

Don Rodrigo - E perché l'ho io da sposare?

Donna Claudia - Non le volete bene?

Don Rodrigo - La stimo e la venero come dama.

Donna Claudia - E voi, donna Eleonora, non siete un poco accesa di don Rodrigo?

Donna Eleonora - Lo stimo e lo venero come cavaliere.

Donna Virginia - (Che ne dite, donna Claudia, sono due eroi?). (*a donna Claudia*)

Donna Claudia - (Secondo me, sono due pazzi). (*a donna Virginia*)

Don Alonso - Le lingue satiriche e maldicenti vi spronano a far conoscere, per quanto io vedo, la vostra onestà e la vostra virtù.

Don Flaminio - E volete abbadare a quello che dice il mondo? Siete pur buoni. So che dicono male di me, io dico male degli altri, e così siamo del pari.

Don Alonso - E volete vivere ritirata? (*a donna Eleonora*)

Donna Eleonora - Così ho stabilito.

Don Alonso - E voi l'accorderete? (*a don Rodrigo*)

Don Rodrigo - Io non la saprei sconsigliare d'una eroica risoluzione.

Don Alonso - Mi fate entrambi pietà.

Donna Claudia - Via, se vi fa pietà, sposatela voi.

Don Alonso - Chetatevi una volta con questo vostro parlar mordace. Voi siete forse il principale motivo, per cui la povera dama perde in don Rodrigo uno sposo.

Donna Claudia - Per causa mia lo perde? Che importa a me che ella ne prenda anco dieci?

SCENA ULTIMA

ANSELMO e detti.

Anselmo - Con permissione di lor signori. Ho ritrovato la porta aperta, ho chiamato, nessuno ha risposto, e mi son preso l'ardire di venire avanti.

Donna Eleonora - Avete fatto benissimo. Accomodatevi, signor Anselmo.

Don Flaminio - (Non vorrei avesse portato il conto delle cere). (*da sé*)

Anselmo - (*siede*) In questo punto è arrivata una staffetta da Benevento, che mi ha recate diverse lettere di negozio. Fra queste ve n'è una che mi manda un mio corrispondente, per consegnare in proprie mani della signora donna Eleonora.

Colombina - (Sta a vedere che don Roberto è risuscitato). (*da sé*)

Donna Eleonora - Caro signor Anselmo, fatemi voi il piacere di aprirla e di leggerla. Se altro non contiene, oltre la notizia della morte del povero don Roberto, non ho bisogno di accrescermi la tristizia.

Anselmo - Volentieri, la servirò. (*apre, e legge piano*)

Donna Virginia - (Eppure è vero, don Rodrigo non ha per donna Eleonora quella passione che si diceva). (*a donna Claudia*)

Donna Claudia - (Che volete ch'io dica? Rimango stupida).

Donna Virginia - (Quanto ingiustamente abbiamo mormorato di lei!)

Donna Claudia - (Finalmente poi le nostre parole non le hanno ammaccate le ossa).

Anselmo - Signora, vi è qualche cosa di più. (*a donna Eleonora*) Vi è tutto quello che ha detto il povero signor don Roberto prima di morire a quelli che lo assistevano, e fra le altre cose questa mi pare la più rimarcabile. Signor don Rodrigo, la supplico di ascoltarmi. Se si contentano, leggerò io. «Caro amico, che avete la bontà di assistermi in questi ultimi periodi della mia vita, vi raccomando la cosa più cara ch'io abbia al mondo, che è la mia povera moglie. Ella rimane miserabile e abbandonata, senza assegnamento veruno, e questo è il maggior dolore ch'io provo nella mia morte. (Mi vien da piangere). Don Rodrigo Rasponi, ch'è il cavaliere più savio e più onesto ch'io abbia trattato, ha sempre avuto della bontà per me e per la mia casa. Supplicatelo vivamente in mio nome, con vostra lettera o per mezzo di qualche vostro amico, che per carità non abbandoni la mia povera moglie. Ciò spero nella provvidenza del cielo, a cui raccomando questa povera onoratissima dama».

Don Alonso - Via, don Rodrigo, movetevi a compassione di lei. Se non vi sentite portato a farlo dall'amore o dal genio, fatelo per le tenere amorose preghiere del vostro amico defunto.

Don Flaminio - Se non vi movete a pietà, siete troppo crudele. Guardatela, poverina, farebbe piangere i sassi.

Donna Virginia - Deh, mostratevi men severo per le massime di una troppo rigorosa virtù. Ormai è pubblica la vostra passata onestà. Si vede quale sia stato il vostro savio contegno. Sposatela, per amor del cielo.

Donna Claudia - Io vi assicuro che rimango sorpresa. Non mi credevo che al mondo si dessero tali caratteri, e quando ne sentivo discorrere, mi ponevo a ridere. Ora mi chiamo da voi convinta, e credo sia necessario che v'accoppiate insieme, per produrre al mondo, se sia possibile, degli animi imitatori delle vostre belle virtù.

Anselmo - Animo, signor don Rodrigo, non si faccia pregar più oltre. Ella conosce appieno il buon carattere di quella dama, tanto savia, tanto rassegnata e prudente.

Colombina - (Se non dice di sì, è più ostinato di un mulo). (*da sé*)

Don Rodrigo - Tutti mi persuadono, tutti m'invitano, e donna Eleonora non dice nulla?

Donna Eleonora - Che volete che io dica? Siete voi persuaso delle ragioni de' buoni amici?

Don Rodrigo - Il povero consorte vostro a me vi ha raccomandato. Adempirei le sue brame, se non temessi gl'insulti de' maldicenti.

Don Flaminio - Ammirerà tutto il mondo la vostra condotta.

Donna Virginia - Donna Eleonora potrà servire d'esempio all'onesto modo di conversare.

Donna Claudia - Ma l'imitarla sarà difficile.

Don Alonso - Siete in debito di cavaliere premiare la virtù di questa singolarissima dama.

Donna Eleonora - (Che farò?). (*da sé*)

Don Rodrigo - (Che risolve?). (*da sé*)

Donna Eleonora - Don Rodrigo. (*mirandolo con tenerezza*)

Don Rodrigo - Donna Eleonora. (*mirandola con tenerezza*)

Donna Eleonora - Non so resistere.

Don Rodrigo - Non posso più. (*si prendono per la mano*)

Tutti - E viva, e viva. (*s'alzano*)

Don Rodrigo - Sì, donna Eleonora, giacché posso sperare di ottenervi senza discapito della vostra estimazione e del mio decoro, vi offerisco la mano.

Donna Eleonora - Accetto la generosa offerta vostra, e vi giuro inalterabile la mia fede. Considerate per altro ch'io son vedova di poche ore, né mi è lecito passar sì presto a novelle nozze.

Don Rodrigo - La vostra onestà lo esige. La mia discretezza l'accorda. Un anno vivrete vedova.

Donna Claudia - È troppo, è troppo.

Donna Virginia - Bastano tre o quattro mesi.

Don Flaminio - Via, per ogni buon riguardo starete nove mesi.

Don Rodrigo - Chi si marita sol per capriccio, non sa tollerare gl'indugi; ma chi sposa il merito e la virtù, si contenta della sicurezza del premio, e gode colla dilazione di meritarlo.

Donna Eleonora - In quel ritiro ch'io mi aveva eletto per sempre, se vi contentate, mi tratterrò per quest'anno. (*a don Rodrigo*)

Don Rodrigo - Saggiamente da vostra pari pensate. (*a donna Eleonora*)

Don Alonso - Felicissimo maritaggio, perfetta unione, coppia singolare e magnanima, che fa discernere al mondo in un vivo esemplare il Cavaliere e la Dama.

Donna Eleonora - Rendo grazie al cielo d'avermi inalzata dal fondo della miseria ad una singolare fortuna. Ringrazio voi, mio adorato sposo, della bontà che avete per me. Ringrazio tutti, e precisamente il signor Anselmo, della generosa propensione dimostrata al mio scarso merito, dovendo io confessare per gloria della verità essere arrivata a questo grado di felicità col mezzo dell'onestà e della sofferenza, che sono il più ricco tesoro di una dama povera, ma onorata.